MODE JETABLE

Coordination éditoriale:
Pauline Gagnon

Conception graphique et éditoriale:
Karine Cossette

Identité visuelle de la collection:
Studio Feed

Révision:
Véronique Desjardins

Correction d'épreuves:
Max Loup Hugny

ISBN 978-2-89857-077-3

Dépôt légal: 1er trimestre 2025

Imprimé en février 2025
chez Présence Graphique
à Monts (37), en France

Les Éditions Écosociété reconnaissent l'appui financier du gouvernement du Canada et remercient la Société de développement des entreprises culturelles (SODEC) et le Conseil des arts du Canada de leur soutien.

Gouvernement du Québec – Programme de crédit d'impôt pour l'édition de livres – Gestion SODEC.

écosociété

Canada

SODEC Québec

Conseil des arts du Canada Canada Council for the Arts

Philippe Gendreau

Mode jetable

RADAR

PRÉAMBULE

Il n'y a plus de mode,
rien que des vêtements.

— Karl Lagerfeld,
couturier allemand

24 avril 2013, Savar, près de Dhaka au Bangladesh

À l'extérieur, les contremaîtres parlent fort, certains sont rouges de colère. La chaleur combinée à l'agitation du personnel des manufactures crée une ambiance tendue.

La veille, de petites fissures et des lézardes dans les piliers de béton de l'édifice du Rana Plaza ont été signalées aux gestionnaires. Érigé en 2006, cet immeuble présente des signes manifestes et inquiétants de dégradation. Il abrite cinq ateliers textiles et quelques entreprises.

Des milliers d'employé·es inquiet·es attendent les consignes, la banque et les commerces situés aux étages inférieurs ferment boutique par mesure préventive[1]. Ce n'est pas la première fois que de tels édifices font la manchette en raison de leur manque de fiabilité. Quelques mois plus tôt, en novembre 2012, 112 employé·es ont péri dans l'incendie d'une manufacture de chandails et de shorts fabriqués pour les entreprises états-uniennes Disney et Walmart, la suédoise H&M et la française Carrefour[2].

Ce qui se fabrique à toute vitesse et sous pression au Bangladesh est conçu pour les habitant·es des pays riches aux placards bien fournis.

À Savar, le propriétaire de l'édifice, Sohel Rana, tente de rassurer la foule. Il affirme qu'un ingénieur a jugé l'immeuble sécuritaire. Certain·es employé·es s'objectent et refusent d'entrer faire leur quart de travail.

Des menaces fusent: les personnes qui refusent de se rendre au travail verront leur poste aboli ou seront congédiées.

La plupart des employé·es se résignent, entrent dans le Rana Plaza et lancent la production. Comme tous les jours.

Vers 9 heures, un bruit retentit, semblable à celui que produit un tremblement de terre, tranche avec la routine, surprend. Le courant électrique s'interrompt. Les planchers du Rana Plaza se disloquent. L'immeuble s'effondre.

Un chaos de béton, de poussière, de machinerie broie et tue 1138 personnes, et 2500 autres sont gravement mutilées ou blessées[3].

Le vacarme de cet effondrement ne trouble pas le travail dans les 5000 autres manufactures du même genre au Bangladesh, dont les machines sont manœuvrées par 3,2 millions de travailleur·euses qui maintiennent la cadence insoutenable que la production des marques occidentales exige de leur part.

Combien de consommateur·rices impatient·es de se procurer de nouveaux vêtements à la MODE ont conscience de la tragédie historique du Rana Plaza? Combien s'en souviennent aujourd'hui, 12 ans plus tard?

Les victimes du Rana Plaza, ce sont surtout des femmes et des enfants, car, au Bangladesh, les enfants accompagnent leur mère au travail. Des enfants qui représentent une force de travail qui se négocie au tarif le plus bas, afin de satisfaire l'industrie de la mode, laquelle n'offre jamais de répit. Ni aux consommateur·rices ni aux employé·es qui travaillent comme des forcené·es.

Le Rana Plaza a d'abord été un immeuble de cinq étages. Puis il a été modifié illégalement. Trois étages y ont été ajoutés pour accueillir des ateliers de confection textile de marques réputées à l'international. La structure de l'édifice ne pouvait soutenir ces trois étages supplémentaires.

La mode reflète les préférences culturelles, sociales et esthétiques d'une société à un moment précis de son histoire. Bien qu'elle puisse être influencée par des choix individuels, ce sont les groupes et les entreprises qui influencent et fixent les modes. Généralement, les vêtements, les accessoires, tout comme certaines tendances sociales et culturelles contribuent à définir « une » mode. En ce sens, les styles vestimentaires, les couleurs, les motifs, les matériaux, les coupes et les textures vont marquer le *zeitgeist* (l'air du temps).

Lors de l'effondrement, un neuvième étage était en construction[4]. L'immeuble avait sept ans. Il avait été construit sur un terrain au sol friable et plein de déchets.

Quelles étaient les marques des vêtements confectionnés dans cet immeuble? Walmart (États-Unis), Camaïeu (France), Zara (Espagne), Joe Fresh (Canada). Et celles de bien d'autres compagnies.

Les jours qui suivent l'effondrement, anticipant la révolte de leurs employé·es, les patrons des usines des alentours ferment leurs portes. Cela n'empêche pas que surviennent des émeutes au cours desquelles des magasins et des usines seront incendiés. Les travailleur·euses et leurs familles, révolté·es par la lenteur des opérations de sauvetage des ouvrier·ères coincé·es sous les décombres, réclament que le propriétaire du Rana Plaza soit poursuivi. Pour disperser la foule, la police intervient. Des centaines de voitures sont incendiées. Selon l'Agence France Presse, les efforts pour retrouver des survivant·es et sortir des décombres les corps des victimes de cette catastrophe se sont arrêtés 20 jours après la tragédie.

Mais il en faudra plus pour ébranler les structures de l'industrie de confection de vêtements et apporter des changements à son fonctionnement. Comme après chaque drame, des voix de ce secteur d'entreprise ont juré que ça n'arriverait plus jamais... Pourtant, c'était arrivé avant, c'est arrivé après et ça surviendra encore, tant qu'on ne changera pas la source du problème:

une production effrénée qui sert la surconsommation caractéristique de notre époque.

Et si on faisait le pari de parler franchement de l'enjeu de cette mode qui se fabrique à la chaîne, qui se consomme à toute vitesse et se retrouve aux ordures à la même allure ? Certaines personnes disent que les petits gestes que nous posons individuellement n'ont pas d'importance, je ne suis pas de celles-là.

INTRODUCTION

On s'attache à nos vêtements. Non seulement on aime retrouver le confort d'un chandail ou d'une paire de jeans, mais nos vêtements révèlent notre style, donc une part de notre identité. On peut se souvenir du lieu où on s'est procuré un vêtement, de ce qu'on portait lors de moments marquants ou de la réaction provoquée par un vêtement en particulier.

Nos vêtements constituent une extension de nous-même, ils font plus que nous coller à la peau, ils parlent de nous et nous permettent de nous distinguer des autres. Nos vêtements sont chargés de souvenirs, d'affects et... des parfums de détergents et d'assouplisseurs industriels. Chaque vêtement raconte aussi le récit de celles et ceux qui l'ont fabriqué. Si la paire de chaussures que nous aimons porter symbolise une période de notre vie, elle contient en plus l'histoire des ouvrier·ères qui l'ont assemblée et l'empreinte environnementale laissée par les kilomètres parcourus avant de trouver place sur un étalage. Il suffit de prendre le temps de regarder la provenance de nos vêtements pour le constater : Chine, Bangladesh, Vietnam, Pakistan, Inde, etc.

Plusieurs des pays où sont produits les vêtements qui inondent aujourd'hui le marché n'assurent aucune sécurité aux travailleur·euses, parfois excessivement jeunes, qui s'échinent à matérialiser les dernières tendances vues sur TikTok et Instagram. Le produit de leurs efforts est ensuite entassé dans des conteneurs et traverse les océans sur des cargos. Un des plus grands du monde, le *MSC Tessa,* peut transporter 24 116 conteneurs de 20 pieds[5].

Le vêtement est politique. Des enjeux cruciaux s'intriquent dans chacun de nos vêtements, des produits requis pour leur confection aux techniques de vente utilisées chez nous en passant par la main-d'œuvre employée pour les confectionner et les moyens de transport pour les acheminer sur les mers des usines jusqu'aux entrepôts, aux grandes surfaces, à nos maisons. À cela s'ajoutent l'impact environnemental d'une production industrielle, les produits que nous utilisons pour l'entretien de nos vêtements et les façons dont on se départit de ceux qu'on juge désuets parce que troués, délavés ou, ô combien grave aux yeux de certain·es, démodés, «ringards».

> La mode jetable, (*fast fashion* en anglais) est un modèle économique fort simple: produire des vêtements au plus bas prix possible et réduire au minimum le délai entre leur idéation et leur mise en marché. Les entreprises coupent dans la qualité des matériaux, offrent des salaires minimes aux travailleur·euses et ignorent les impacts sociaux et environnementaux de leur production à visées éphémères.

Nous ne pouvons plus fermer les yeux sur les sombres impacts de l'industrie de la MODE JETABLE*. Bien sûr, on peut donner ses vêtements, les échanger, les vendre sur plusieurs plateformes, mais le constat demeure irrévocable: la production dépasse largement nos besoins. Les structures pour se débarrasser des vêtements dits «excédentaires»

---

* L'auteur a choisi d'utiliser l'expression mode jetable plutôt que l'expression anglophone *fast fashion*.

ont, elles aussi, de lourdes conséquences. Les solutions véritables pour contrer la production excessive se font attendre. On aimerait voir les entreprises récupérer leurs surplus...

Bien sûr, les méthodes de fabrication se raffinent, les chaînes de production combinent aujourd'hui main-d'œuvre humaine et confection mécanique, de titanesques réseaux de transport de marchandises permettent d'assurer, en tout temps, des livraisons sur les cinq continents. L'intelligence artificielle (IA) analyse en continu la fabrication pour en améliorer la productivité, et la main-d'œuvre des pays du Sud global est mise à contribution.

Il y a longtemps que l'industrie de la mode a transformé le besoin fondamental de se vêtir en fabrique qui carbure au renouvellement des looks.

Afin de mieux comprendre le gaspillage vestimentaire encouragé par la mode jetable, nous brosserons d'abord le portrait de la production de vêtements, car la manière de fabriquer des vêtements n'a peut-être pas changé autant que nous nous plaisons à le croire. Nous verrons comment les sociétés ont utilisé les vêtements comme marqueur social et culturel et comment la machine-marketing a exploité avec acharnement cette idée que les vêtements nous définissent comme individu.

Nous présenterons ensuite le fonctionnement de cette industrie qui profite du manque de réglementation pour abuser de personnes démunies, parfois même d'enfants, et de ressources pour produire des vêtements livrés à toute vitesse à notre porte. Nous observerons également que la mode jetable, les grandes marques de la mode et les friperies tendance contribuent, chacune à leur façon, à alimenter la frénésie des achats compulsifs. Finalement, nous dégagerons des solutions pratiques et réalistes face à ce déferlement de vêtements, puisqu'il y a aussi urgence de comprendre les raisons pour lesquelles les prix de vente sont si bas alors même que les styles et les articles disponibles sont si abondants.

À moins de nous mettre au tricot (mon éditrice en serait ravie) et à la couture, ce qui en soi n'est pas une mauvaise idée, nous dépendons de l'industrie textile pour nous vêtir. Mais nous ne sommes pas dans l'obligation de lui laisser le dernier mot.

Ce sont 80 % de nos vêtements qui ne sont portés qu'une seule fois par année[6], avant d'être jetés à la poubelle ou mis à la boîte de dons moins de quatre ans plus tard... Comment en sommes-nous arrivé·es à concevoir qu'un vêtement puisse n'être porté que quelques fois? Bienvenue dans l'ère de la mode jetable, de l'« *hyper fast fashion* », qu'un journaliste a déjà qualifiée de « *fast fashion* sous stéroïdes[7] ».

Signe de progrès ou de décadence? Certaines entreprises proposent désormais de payer les vêtements que nous achetons en quelques versements mensuels, alors que d'autres alimentent et perpétuent le désir de s'en procurer de nouveaux en offrant de les payer plus tard. Voilà le cœur de l'enjeu du gaspillage: nous inviter à acheter toujours un peu plus, tout en reportant à demain la dette que cette surconsommation obsessionnelle engendre sur les plans sociaux et environnementaux.

Aujourd'hui, l'abondance de vêtements disponibles est telle qu'il nous faut développer des techniques pour gérer les stocks générés par la mode jetable... Et si, au lieu d'exporter vers le Sud global des conteneurs pleins de vêtements dont on veut se débarrasser, ou d'utiliser des techniques à base de champignons (mycélium) pour décomposer les fibres en résidus organiques[8], nous développions des structures et des réflexes individuels pour prévenir tout ce gaspillage?

1

JE M'HABILLE, DONC JE SUIS

J'ai toujours aimé choisir mes vêtements et, comme la plupart d'entre nous, j'ai toujours eu des préférences.

Je me souviens de mon besoin persistant de porter des vêtements différents de ceux de ma sœur, même si les gens pouvaient trouver mignon de nous voir avec sur le dos chacun·e une chemise à carreaux (motif table à pique-nique!) et une veste de jeans coupe western. Ma mère maîtrisait l'art de la couture et nous confectionnait des costumes pour jouer et des vêtements originaux et personnalisés: littéralement du sur-mesure.

Elle avait suivi une formation permettant de faire des illustrations sur le tissu avec une peinture qui résistait aux lavages. Ses talents me fascinaient: elle créait les vêtements que j'aimais porter. Mais, rapidement, l'industrie de la mode allait exercer son influence sur mes goûts et mes désirs vestimentaires...

Ce que ma mère faisait paraître à mes yeux d'enfant comme différent et hors norme est soudainement devenu, pour les mêmes raisons, suspect. Graduellement, je me suis mis à ressentir un malaise avec le «fait maison» et j'ai réclamé de pouvoir m'habiller «comme les autres». Un ami avait été ridiculisé à cause de jeans confectionnés par sa mère, pourtant très talentueuse. À 11 ans, le groupe est intransigeant. Au lieu de me ranger aux côtés de mon ami pour fonder un clan des «faits main», j'ai lâchement rejoint les rangs de celles-et-ceux-qui-réclament-des-vêtements-semblables et demandé à mes parents des vêtements «achetés en magasin».

Rapidement, le goût de porter des vêtements griffés

s'est immiscé dans ma tête d'enfant de 12 ans comme si c'était un gage de qualité. Pour être honnête, ces vêtements me donnaient l'impression d'être, sans pouvoir encore le nommer… plus cool.

Alors que je ne savais strictement rien de la mode, ce que je voulais surtout, c'était porter des vêtements comme ceux de mes ami·es, qui, bien souvent, les tenaient de leurs frères et sœurs aîné·es. C'est ainsi que les marques ont réussi à faire leur chemin dans mes goûts d'enfant. Pendant une période importante de mon adolescence, elles influenceraient mes choix. Avec le recul, et j'y reviendrai, il est indéniable que les stratégies publicitaires des compagnies de vêtements à la mode avaient une bonne longueur d'avance sur l'enfant que j'étais et qu'elles ont exercé une pression considérable sur moi. Même si je n'aime pas l'admettre, je ne me suis pas totalement défait de l'emprise des marques sur mes décisions.

En vieillissant, j'ai pris progressivement conscience des marques et des commerces qui les mettaient en marché. Par ailleurs, d'autres champs d'intérêt meublaient mon temps et mes désirs. Je n'étais ni un accro du magasinage (*shopaholic,* pour *shopping*) ni une victime de la mode (*fashion victim*). Surtout, j'ignorais tout des conditions de vie et de travail des personnes qui fabriquent les vêtements.

En effet, connaître l'histoire de la confection de vêtements permet de comprendre les structures de production des entreprises textiles d'aujourd'hui. Car si la mode change au fil du temps, les conditions de travail dans cette industrie n'ont pas beaucoup évolué.

Les premiers vêtements

Le vêtement constitue l'une des premières confections créées par des mains humaines. Les artefacts les plus anciens laissent croire que la production de vêtements daterait de 90 000 à 120 000 ans. Le développement d'outils pour le tannage de peaux d'animaux[9] permet d'avancer l'hypothèse que l'homo sapiens se couvrait de peaux. Des poinçons et des aiguilles faits d'os ou d'ivoire, dont les plus anciens datent de 30 000 à 45 000 ans, ont été retrouvés en Chine et en Sibérie. Ces outils ont vraisemblablement permis la confection de vêtements, de même que les réparations avec du fil.

Les tissus ayant la propriété de se décomposer, il s'avère complexe de retrouver et de dater les étoffes qui habillaient nos ancêtres. Toutefois, les tissus les plus anciens retrouvés à ce jour auraient plus de 8 000 ans[10]. Palmier, chêne ou peaux de bisons, de chevaux, de caribous, de phoques, etc., les tissus étaient faits de matériaux variés. On estime que le port régulier de vêtements date de 83 000 ans, cependant, c'est peut-être de plusieurs dizaines de milliers d'années auparavant[11].

Au fil du temps, certains types de vêtements, matériaux, couleurs ou motifs ont été réservés à l'élite. Chargés symboliquement, ils faisaient étalage du statut social de la personne qui les portait.

Esclaves du coton

La plus importante traque de personnes de l'histoire de l'humanité a été perpétrée afin d'assurer de la main-d'œuvre dans les colonies européennes en Amérique. Cette terrifiante page de l'histoire est indissociable de la culture du coton.

Pendant près de 400 ans, des millions d'humain·es provenant d'Afrique seront déporté·es dans des navires de marchandises ne leur assurant aucun confort. Plusieurs tombent malades ou meurent dans les cales des navires pendant ces traversées exténuantes, qui peuvent durer plusieurs semaines.

Lors de la planification des 20 000 voyages répertoriés[12], on calcule d'avance le nombre approximatif de décès qui surviendront pendant les trajets en mer.

Les conditions de vie lamentables, dans des cales insalubres, annoncent aux personnes capturées la vie d'esclave qui les attend. L'UNESCO estime que de 15 à 20 millions de personnes ont été déportées d'Afrique du début du XVIe au milieu du XIXe siècle.

Si le nombre des victimes du marché de la traite d'esclaves est impossible à chiffrer, on évalue toutefois que 2 500 000 personnes seraient mortes durant les traversées[13]. Quant à celles et ceux qui arrivent à survivre aux conditions mortifères du trajet en bateau, leur espérance de vie en détention n'aurait été que d'une dizaine d'années une fois à destination.

C'est ainsi que les pays européens vont imposer des structures d'exploitation et créer de toutes pièces des règles et des lois pour encadrer et légitimer cette exploitation humaine au bénéfice de la production de tabac, de sucre, puis de coton. L'invention, en 1793, de la machine égreneuse appelée *cotton gin* (pour «*cotton engine*») permet de trier efficacement les graines de la fibre de coton et stimule la demande d'esclaves africain·es afin d'assurer la production des plantations. La violence et l'exploitation deviendront les principaux rouages de la chaîne de production du textile.

Encore trop de livres d'histoire valorisent les mérites de grands entrepreneurs occidentaux devenus célèbres grâce à l'exploitation éhontée d'esclaves et de travailleur·euses. Nous ne pouvons plus faire l'histoire du textile et de la confection de vêtements en ignorant les millions de cueilleur·euses de fibre de coton et les employé·es des ateliers de tissage et de tannage qui ont laissé leur santé, voire leur vie, pour que fleurissent les marques que nous portons.

Des fortunes extraordinaires se développent grâce au travail d'esclaves exploité·es dans des champs de coton. Dans l'article 40 du *Code noir*, on peut lire: «Déclarons les esclaves être des meubles [...][14]». Une part significative du capital de la famille royale britannique et la richesse de familles états-uniennes découlent de la déportation de près de 3 millions d'esclaves d'Afrique de l'Ouest vers les Antilles[15].

> « Sans esclavage vous n'avez pas de coton, sans coton vous n'avez pas d'industrie moderne. »
>
> Karl Marx, dans une lettre
> à Pavel Vasilyevich Annenkov,
> 28 décembre 1846[16]

Le coton a donc permis à un très petit nombre de personnes d'amasser des millions de dollars. C'est ainsi également que s'est développée l'économie mondiale sur le modèle capitaliste et que se sont consolidés des empires autour de quelques personnes qui, proches du pouvoir, peuvent encore exploiter et asservir des humain·es... Car aujourd'hui, le marché du coton tient toujours sur l'exploitation. Nous y reviendrons.

Vers la moitié du XIXe siècle, les États-Unis produisent, grâce à l'exploitation d'esclaves, le coton brut que consomment la Grande-Bretagne (77 %), la France (90 %) et la Russie (92 %)[17].

Des machines et des humain·es

La révolution industrielle ne s'est pas réalisée uniquement grâce aux technologies, mais aussi par la sueur et le sang de travailleur·euses exploité·es dont les nombreuses heures de travail ne permettaient même pas de vivre décemment. Alors que, traditionnellement, le coton avait été récolté et tissé de façon artisanale, la mécanisation des métiers à tisser par Edmond Cartwright en 1785 transforme les méthodes de fabrication et fait tomber dans l'oubli un savoir-faire développé au fil de plusieurs générations. La machine industrielle standardise et transforme la production de coton.

La première phase d'industrialisation du monde est généralement associée à l'exploitation du charbon entre 1770 et 1850 et au développement, à la même époque, de réseaux de chemins de fer. Quant à la seconde phase, elle a eu lieu entre 1850 et 1950, avec la découverte du pétrole, de l'électricité, le développement de l'industrie chimique et l'invention de l'automobile.

Ces nombreuses découvertes techniques et l'essor du capitalisme négligent les répercussions de l'exploitation des ressources humaines et naturelles sur les personnes, les animaux et l'environnement.

Le capitalisme est un système économique et social qui valorise la compétition afin de stimuler un idéal appelé « progrès ». Son fondement repose sur la production de biens par l'initiative individuelle et la concurrence, et favorise l'accumulation de capital et la propriété privée.

Dans le système capitaliste, les prix des biens et des services sont soumis aux lois du marché et l'État n'a qu'un rôle limité. En théorie, le marché vit une libre et saine compétition. Dans la réalité, cette prétendue liberté est toutefois grandement affectée par les monopoles et les grandes corporations qui font l'acquisition de leurs compétiteurs.

Aujourd'hui, l'emploi des termes *hypercapitalisme* ou *capitalisme sauvage* semble s'installer en raison des transformations récentes du marché : capacité de la production industrielle et des réseaux de transport, techniques de marketing sur les réseaux sociaux, exploitation de travailleur·euses, utilisation de l'intelligence artificielle (IA), etc.

Le Royaume-Uni est le premier pays à s'industrialiser, les autres pays occidentaux lui emboîtant rapidement le pas. L'invention de la machine à vapeur par James Watt, en 1770, et le début de l'utilisation de charbon mettent en branle le développement des chemins de fer qui facilitent le transport des produits à grande échelle.

Dans l'industrie textile, en 1829, l'invention de la machine à coudre par Barthélemy Thimonnier vient bouleverser à tout jamais la production. Les explorations européennes autour du monde et les échanges entre différentes cultures rendent non seulement possible l'importation des méthodes et des matériaux, mais modifient durablement les façons de faire et, d'une certaine façon, font naître, à proprement dit, l'industrie de la mode. Les importations de vêtements s'inscrivent déjà dans un marché lucratif.

Des milliers de travailleur·euses dévoué·es et inféodé·es à leurs employeur·euses perdent la vie dans des usines, hypothèquent leur dos dans des entrepôts, se blessent aux mains et aux yeux, abîment irrémédiablement leur sens de l'audition dans des ateliers mal sécurisés.

Les usines de filage de coton en Grande-Bretagne, plus particulièrement celles de Manchester – surnommée Cottonopolis – assureront, malgré tout, un bond de géant dans la production. La récolte de coton états-unien, obtenue par le travail d'esclaves, est exportée en Grande-Bretagne où les ouvrier·ères des usines, majoritairement des femmes et des enfants, s'échinaient à la tâche, de 10 à 14 heures par jour, six jours par semaine pour ensuite dormir dans des dortoirs de fortune[18].

Ainsi, toute histoire de la production de vêtements qui omet de reconnaître que la période de la révolution industrielle a fixé des règles capitalistes qui sont toujours en vigueur aujourd'hui relève d'un déni des aberrations du passé. L'exploitation des ressources humaines et naturelles a eu lieu sans égard aux conséquences. Le capitalisme est sourd et aveugle aux conditions de vie des artisan·es, aux effets sur leur santé et sur l'environnement. Surtout, il est complice d'un système violent et mortifère à l'égard de millions de travailleur·euses.

2

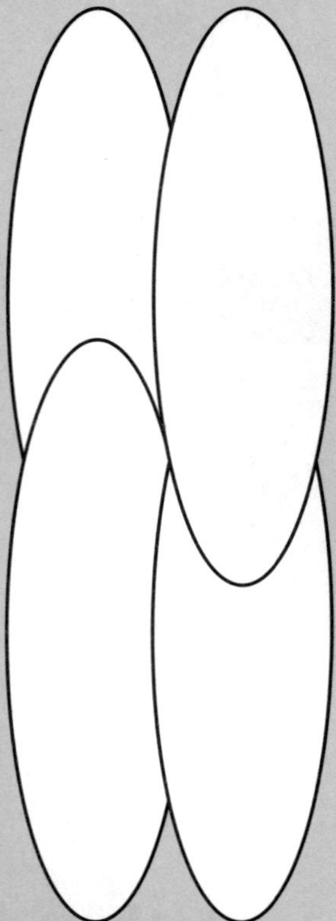

LES COULISSES DE LA MODE

Ma grand-mère était couturière dans un grand magasin montréalais. Ma mère m'a raconté l'avoir accompagnée au travail: «L'atelier de couture était dans un sous-sol mal éclairé. Il fallait descendre un escalier sombre et là, il y avait des rangées de machines à coudre devant lesquelles des femmes se consacraient à leurs tâches.» Ces emplois, payés par un salaire famélique, ont disparu de Montréal, du Québec, comme de la plupart des pays occidentaux, à cause de l'élimination progressive des quotas imposés par le Canada et le développement de la production dans les pays émergents comme la Chine qui offraient, peut-on le croire, une main-d'œuvre encore moins cher.

Les ateliers de misère

Au début de l'industrialisation, des entreprises, avec la tolérance, voire la complicité des États qui les hébergent, ont pu développer des façons de faire qui nous semblent aujourd'hui inadmissibles et cruelles. L'industrie de la mode jetable a reproduit le *modus operandi* du capitalisme sauvage, depuis la fin du XIXe siècle jusqu'à nos jours. Qu'on pense aux marques luxueuses qui abondent dans les magazines de mode, ou à Shein et à Temu, qui livrent des marchandises avec une redoutable efficacité. Toutes les grandes compagnies de vêtements ont mené à l'éclosion de ce qu'on appelle les manufactures de misère, ou *SWEATSHOPS* en anglais, et œuvrent à les garder ouvertes. Bien sûr, en façade, cette pratique est dénoncée.

Avant la DÉLOCALISATION de la production textile, le Québec a vu défiler des générations d'ouvrier·ères devant des machines assourdissantes. On demandait à ces personnes de « faire des sacrifices » pour maintenir les manufactures en exploitation. Elles ont développé des maladies respiratoires, vu leurs conditions de travail se dégrader, subi des méthodes agressives pour casser les mouvements syndicaux, jusqu'au jour où leur employeur·se a simplement fermé l'usine. Les grandes entreprises fonctionnent ainsi: elles utilisent toutes les ressources à leur disposition sans se préoccuper des conséquences, puis elles trouvent un pays où elles peuvent avoir le même niveau de production tout en payant des salaires plus bas, et elles déménagent. Bien entendu, c'est souvent dans des pays défavorisés que les salaires sont bas.

Une délocalisation, c'est le déplacement d'une usine dans un autre pays, souvent situé dans le Sud global, dans le but de diminuer les coûts de production et les salaires et d'augmenter la marge de profit ou les avantages financiers de la société mère.

Dans les *sweatshops*, ou manufactures de misère (qu'on pourrait aussi appeler ateliers de misère, ateliers clandestins ou ateliers d'exploitation), les conditions de travail sont difficiles, les quarts de travail sont trop longs, les abus auprès des ouvrier·ères, courants, et les protections d'emploi quasiment nulles.

Quand je tousse, le mucus est bleu, parce que nous travaillons sur des vêtements bleus en ce moment.

— Confidence d'une couturière du Lesotho employée de Gap[19]

Respirer du coton

L'air que respirent les employé·es dans les usines de coton, de chanvre ou de lin est saturé de particules: de la poussière faite de fibres en suspension, de matières végétales broyées, de bactéries, de champignons, de pesticides et d'autres contaminants. Les appareils et les planchers sont aussi recouverts de cette poussière. Celle-ci rend le travail très difficile, surtout par temps chaud. Les employé·es développent rapidement des réactions physiques dues à cette exposition. Ces maladies sont les mêmes partout à travers le monde.

La byssinose, que les États-Unien·nes ont baptisée *Brown Lung* (poumons bruns), provoque une réduction des capacités pulmonaires, entraîne essoufflement, respiration sifflante et sensation d'oppression thoracique. Les personnes exposées vivent des épisodes d'asthme, souffrent de bronchites chroniques, et ces conditions médicales finissent par devenir permanentes.

Comme cette maladie n'est pas détectable par radiographie, sa reconnaissance a tardé et des milliers d'employé·es ont vu leur qualité de vie affectée sans que les entreprises cherchent à adopter des mesures efficaces pour les protéger adéquatement.

C'est en 1713 qu'un médecin italien découvre que les employé·es qui œuvrent dans l'industrie textile « toussent et respirent comme des asthmatiques[20] », mais il faudra des siècles avant que la byssinose ne soit reconnue au Québec[21], en France et aux États-Unis. Certains pays n'admettent toujours pas officiellement son existence, même si les personnes qui en sont affectées peuvent rencontrer des difficultés à faire le moindre effort, avoir un besoin constant d'oxygène pour vivre et même mourir prématurément.

Aujourd'hui, des cas de byssinose sont toujours diagnostiqués en Inde et en Afrique. Il faut toutefois se méfier des statistiques officielles, puisque les autorités continuent à nier ou à confondre les symptômes dont les travailleur·euses sont atteints. Le cycle de l'insouciance face aux impacts de l'industrie textile sur les travailleurs·euses se poursuit dans les pays défavorisés.

D'AUTRES MALADIES DE L'INDUSTRIE DU TEXTILE[22]

— Cancer de la vessie : le risque d'en développer un est plus élevé pour les travailleur·euses assigné·es à la teinture de tissus.

— Incidence élevée de cancer colorectal.

— Traumatismes causés par les mouvements répétitifs : comme le syndrome du canal carpien.
Par exemple, une couturière travaillant avec une machine à coudre risque de développer des douleurs chroniques aux mains, aux poignets, aux genoux et aux pieds.

— Toxicité hépatique : problèmes au foie pour les personnes exposées à des solvants et saturnisme (intoxication au plomb).

— Déficit auditif.

— D'autres problèmes de santé sont également liés à l'exposition aux produits utilisés, par exemple : lésions des organes sensoriels, perturbations hormonales et reproductives, eczéma, urticaire, asthme, infertilité, etc.

Made in USA

Alors qu'en Occident les États commencent à réglementer les conditions de travail, les grandes entreprises de l'industrie textile délocalisent leur production afin de conserver, voire d'augmenter leurs profits. Pour une compagnie états-unienne, faire fabriquer un t-shirt au Mexique réduit de moitié les coûts de production[23].

De plus, il y a d'autres avantages à ce que des SOUS-TRAITANTS installés dans des pays du Sud global gèrent la production. Les dirigeant·es des firmes s'épargnent ainsi la responsabilité de négocier avec les employé·es, déjouent la création de syndicats et évitent de devoir assumer les frais de modernisation des installations, puisqu'ils n'en sont pas propriétaires.

Les sous-traitants sont des entreprises spécialisées qui produisent des biens pour le compte d'une autre entreprise.

Même si les vêtements sont cousus à des milliers de kilomètres du siège social de l'entreprise, même s'ils doivent être transportés en avion, en train ou en bateau, les coûts extrêmement bas de la main-d'œuvre à l'étranger épongent largement les coûts occasionnés par les frais de transport. Ainsi les profits augmentent et les actionnaires sont comblés.

Comme dans bien des domaines économiques en Occident, à compter des années 1980, de nombreuses usines textiles sont délocalisées. L'industrie profite de la stratégie de déréglementation mise en place aux États-Unis par le gouvernement républicain de Ronald Reagan. Dès 1981, les entreprises états-uniennes bénéficient d'une nouvelle liberté d'action par la suppression de contraintes légales pour éliminer les entraves à la libre compétition entre elles, et ce, sans égard aux répercussions sur les travailleur·euses et les ressources, et surtout sans réfléchir aux éventuelles conséquences environnementales.

Avec cette posture économique appelée LA MAIN INVISIBLE DU MARCHÉ, les expert·es croient que les entreprises s'autodisciplineront par la simple force de la saine compétition... ou encore par magie? La poursuite «égoïste» des intérêts personnels à la fois des consommateur·rices – qui exigent de payer le moins possible pour les articles achetés – et des entreprises elles-mêmes – qui souhaitent augmenter leurs profits et doivent donc diminuer leurs coûts – favorise la mécanique des marchés.

Dès lors, exporter le travail là où il sera le moins coûteux devient la norme dans l'industrie textile. Ce n'est donc pas un hasard si la fermeture d'usines à Manchester, en Grande-Bretagne, s'est reproduite à New York, à Roubaix, à Montréal et à Los Angeles. Abandonnées les unes après les autres, les manufactures de vêtements anglaises, états-uniennes, françaises et québécoises ont laissé derrière elles des paysages

La main invisible du marché est une théorie économique élaborée par Adam Smith qui suggère que le marché aurait tendance à s'équilibrer sans intervention de la part des gouvernements.

Le droit de douane permet à un État de percevoir des redevances sur les marchandises qui entrent sur son territoire, alors qu'il n'est pas le pays producteur. Cette mesure, dite protectionniste, vise à protéger les travailleur·euses et les entreprises qui produisent des biens similaires dans le pays importateur. Ces frais varient selon les produits et les accords commerciaux en vigueur entre les pays.

souillés et saccagés. Leur matériel a été liquidé dans des pays du Sud global, là où le marché a trouvé des travailleur·euses qui ont accepté, par non-choix, des conditions de travail de misère pour survivre.

Ce sont les pertes d'emplois aux États-Unis qui ont poussé le gouvernement à imposer des DROITS DE DOUANE aux importations. L'application de ces droits de douane à la frontière visait à protéger les usines et les manufactures états-uniennes installées dans le pays. L'objet importé, du Mexique, par exemple, devait ainsi coûter plus cher que celui produit aux États-Unis. Aujourd'hui, le gouvernement de Donald Trump – élu en 2024 – prévoit mettre en place de telles stratégies.

Si cette mesure semble logique, il est évident que les entreprises vont opérer des pressions sur les États pour qu'ils modifient leurs lois afin de favoriser une libre circulation des produits. Des accords de LIBRE-ÉCHANGE[24] vont progressivement transformer la nature de

Le libre-échange est une entente commerciale signée entre des États pour favoriser la libre circulation de biens et de services en éliminant les droits de douane, les quotas, les barrières tarifaires ou toute autre restriction commerciale.

la production et de l'exportation de biens, plus particulièrement dans le secteur de la fabrication de vêtements.

S'il est possible de trouver des matériaux à faible coût, ultimement, ce sont souvent les travailleur·euses et les artisan·es qui doivent absorber la pression engendrée par la recherche du plus bas prix de production possible. Il y aura toujours une entreprise quelque part qui trouvera de la main-d'œuvre prête à travailler pour un salaire plus bas.

Sans règles et sans normes pour les protéger, les travailleur·euses sont toujours les premières victimes de la confection de vêtements à prix modiques. Le même phénomène s'observe d'ailleurs dans d'autres secteurs de consommation comme l'alimentation, la confection de meubles, voire les technologies.

Le monde comme une usine

L'implantation et la délocalisation de plusieurs manufactures à l'étranger ont favorisé l'émergence de nouvelles destinations de production, et on a vu apparaître ces formules sur les articles que nous achetons: *Made in Mexico, Made in Japan, Made in Taiwan, Made in Hong Kong, Made in China, Made in Vietnam, Made in India, Made in Pakistan, Made in Bangladesh...*

De nombreux pays courtisent les grandes entreprises productrices de vêtements. Les têtes dirigeantes leur déroulent le tapis rouge en leur offrant des terrains,

LE SALAIRE MENSUEL DES PETITES MAINS DE L'INDUSTRIE DU VÊTEMENT[25]

12 HEURES
MINIMUM DE TRAVAIL
QUOTIDIENNEMENT

Turquie	456 $	304 €
Chine	437 $	291 €
Thaïlande	414 $	276 €
Indonésie	375 $	250 €
Malaisie	357 $	238 €
Afrique du Sud	327 $	218 €
Kenya	278 $	185 €
Cambodge	245 $	163 €
Vietnam	242 $	161 €
Lesotho	195 $	130 €
Laos	171 $	114 €
Bangladesh	128 $	85 €
Birmanie	128 $	85 €
Éthiopie	35 $	23 €

des subventions, des tarifs d'électricité préférentiels, tout ça dans le but de favoriser leur implantation. En annonçant la création d'emplois, la classe politique trouve son avantage. Et les entreprises comblent leurs actionnaires avec des rendements exceptionnels.

Par la suite, des contraintes aux exportations ont fait naître le désir de rendre le commerce plus fluide entre les États. Différents lobbys manœuvrent pour rendre enviable économiquement la suppression des mesures de protection aux échanges commerciaux. Ce qu'on appelle la MONDIALISATION est principalement une mécanique commerciale qui promeut le mode de vie états-unien et favorise le marché boursier largement dominé par les entreprises des États-Unis. En matière de culture, l'économie états-unienne est un rouleau compresseur qui peut, par son omniprésence sur les marchés, anéantir le moindre désir de compétition.

Les grandes entreprises états-uniennes disposent de moyens prodigieux pouvant écraser les initiatives audacieuses de petits producteurs. Il demeure difficile de rivaliser avec leurs produits malgré les dispositions commerciales pour libéraliser les marchés.

La mondialisation est un processus mis en place par les organisations commerciales et les gouvernements pour faciliter la circulation des biens, des idées, des technologies et des personnes dans le but de favoriser la croissance économique, l'augmentation et la fluidité des échanges. Ce processus accorde peu d'intérêt aux droits de la personne et aux conditions de vie bousculées par cette reconfiguration économique.

L'Oncle Sam est prompt à se défendre et laisse peu de chances à ses adversaires.

L'ORGANISATION MONDIALE DU COMMERCE (OMC), créée pour favoriser les échanges commerciaux et l'ouverture des marchés, fait l'objet de critiques et provoque de vives manifestations depuis sa fondation en 1995. Si la philosophie de l'organisation semble noble – ouverture des frontières et instauration de pratiques transparentes dans la mise en place des accords commerciaux –, la réalité, elle, est tout autre…

Ce qu'on reproche principalement à l'OMC, c'est de se réunir dans la confidentialité alors que ses décisions peuvent avoir des conséquences légales et sociales différentes d'un État à l'autre. De plus, les mesures prises par l'OMC tendent à favoriser les pays du Nord global (États-Unis, Europe) au détriment des pays du Sud global (Inde, Chine et pays de l'hémisphère sud). Par conséquent, le pouvoir de l'organisation affecte la souveraineté des pays, ce qui donne parfois lieu à d'importantes critiques qui remettent en question son autorité.

Il faut aussi souligner que cette organisation ne fait pas des préoccupations sociales et environnementales ses priorités.

L'Organisation mondiale du commerce (OMC), basée en Suisse, est un organisme qui pratique le lobbyisme afin de favoriser l'abolition des contraintes qui nuisent aux échanges commerciaux entre les pays. La ligne directrice de cette organisation est basée sur la prétention que le commerce participe à améliorer le niveau de vie des populations.

En fait, les critiques et l'opposition sont si fortes à l'égard de l'OMC qu'elles hypothèquent son pouvoir de changer les choses. Il est facile de savoir quels maîtres sert réellement l'organisation. Toutes les mesures économiques mises en place par l'OMC ont favorisé l'émergence de nouveaux modèles de production qui ont bouleversé le domaine de l'industrie vestimentaire.

Les origines de la mode jetable

Il fallait réunir plusieurs conditions pour qu'apparaisse le concept de ce qu'il est convenu d'appeler la mode jetable. Certaines entreprises états-uniennes ont d'abord instauré un modèle de production baptisé *Quick Response*[26], qui misait sur la flexibilité des usines de production pour fabriquer rapidement des vêtements que les consommateur·rices désiraient en petites quantités afin d'éviter les surplus de stocks.

Ensuite, c'est vraisemblablement en Espagne que se développent les mécanismes de la mode jetable. Dans les ateliers de la première boutique Zara, en 1975, Amancio Ortega Gaona perfectionne sa méthode. Aujourd'hui, cet homme plutôt secret, qui accorde peu d'entrevues, est l'un des plus riches du monde (sa fortune est estimée à 122 milliards de dollars états-uniens)[27]. Au fil des années, il fonde Inditex, un regroupement d'entreprises dont Zara est une des vedettes du marché du prêt-à-porter, et confie aux membres de sa famille la plupart des postes clés au sein de son entreprise, s'assurant ainsi une mainmise totale. Le groupe Inditex surutilise une quantité invraisemblable de sous-traitants et, outre Zara, possède les marques Pull&Bear, Bershka, Oysho, Massimo Dutti et Stradivarius, pour un total, en 2023, de 5692 boutiques[28].

En développant des liens d'affaires avec des manufactures entre autres au Maroc, en Turquie et en Chine, Zara (et le groupe Inditex) innove. Elle sera ensuite largement imitée par ses compétiteurs.

Si certain·es spécialistes de la vente au détail et autres économistes célèbrent le génie de l'homme d'affaires espagnol, des observateur·rices désignent Amancio Ortega Gaona comme l'artisan de L'ÉCOCIDE actuel.

L'écocide, c'est toute action humaine qui porte atteinte aux écosystèmes et qui peut même mener à la destruction de milieux naturels. La pollution, la déforestation, le rejet de produits chimiques dans l'environnement sont des actes écocidaires.

L'industrie de l'abondance

Le marché mondial de la production de vêtements est en constante expansion. La démesure dans laquelle nous vivons, nous, les populations du Nord global, la variété de produits disponibles autour de nous et les montagnes de vêtements que nos grandes entreprises jettent semaine après semaine, cela relève de l'exception dans l'histoire de l'humanité.

Jamais n'a-t-on autant consommé pour jeter.

Afin de protéger le marché, des centaines de camions déchargent des vêtements neufs et inutilisés dans des sites d'enfouissement. Au Québec, c'est l'équivalent d'un immeuble de 10 étages de vêtements jetés chaque année. Un gigantesque amas de 95 000 tonnes[29]. En Europe, c'est plus de 4 millions de tonnes[30], et aux États-Unis, on calcule 11,3 millions de tonnes[31].

À ce dégât environnemental s'ajoutent les millions de litres d'eau utilisés dans la production de ces vêtements, les produits chimiques déversés dans la nature et plus d'un milliard de tonnes de gaz à effet de serre généré chaque année par cette industrie.

Mais qu'est-ce qui nous pousse à acheter de façon compulsive ? Pourquoi amasser autant de vêtements alors que, concrètement, nous n'avons pas la possibilité de tout porter ? Pourquoi pareille démesure ?

L'IMPACT DE LA MODE JETABLE

DANS LE MONDE[32]

Chaque année, 100 milliards de pièces de vêtements sont produites dans le monde.

Chaque seconde, un camion plein de déchets textiles déverse son contenu pour l'enfouissement. À ce rythme, d'ici 2030, nous atteindrons 134 millions de tonnes de déchets textiles par année. Suivant cette progression, les émissions toxiques de cette industrie devraient doubler d'ici 2030.

Un·e consommateur·rice états-unien·ne se défait de 37 kg de vêtements par année.

Toujours aux États-Unis, 85 % des déchets textiles sont enfouis, soit l'équivalent de 2 150 pièces de vêtements par seconde (2,6 tonnes de vêtements ont été enfouies aux États-Unis en 2020).

Le nombre de fois qu'un vêtement est porté avant d'être jeté a fondu de 36 % depuis 2008.

L'industrie de la mode est responsable de 20 % de la pollution des réserves d'eau de la planète.

La teinture et la finition des vêtements utilisent des produits chimiques qui comptent pour 3 % des émissions de CO_2 mondiales.

Plusieurs des usines qui produisent des fibres et du fil utilisent des énergies fossiles.

Pour produire un kilo de coton, 20 000 litres d'eau sont nécessaires. C'est un peu difficile à imaginer, mais il en faut 2 700 litres pour produire un t-shirt, soit l'équivalent de 70 douches ou la quantité d'eau qu'une personne boira pendant 900 jours.

Une seule charge de lessive utilise de 50 à 60 litres d'eau.

Seulement 12 % des matériaux utilisés pour la production de vêtements sont recyclés.

L'industrie textile est responsable de 10 % des microplastiques présents dans les océans. Chaque année, les contaminants de l'industrie représentent l'équivalent de la pollution produite par 50 milliards de bouteilles de plastique.

Le retour de marchandises effectué par véhicule représente 16 millions de tonnes d'émissions de CO_2, l'équivalent de 35 millions de voitures sur la route durant une année complète.

Les principales marques responsables de la mode jetable ont produit deux fois plus de vêtements en 2024 qu'en 2000.

Le tissu gaspillé lors de la fabrication de vêtements représente 15 % de la quantité de tissus utilisés.

AU QUÉBEC[33]

En 2021, le Québec a éliminé 81 000 tonnes de vêtements et, si on inclut tous les types de textiles (chaussures, peluches, sous-produits textiles, etc.), le total s'élève à 292 000 tonnes.

La même année, 64 000 tonnes de matières textiles ont été récupérées par des friperies et autres centres de dons.

En 2023, les Québécois·es ont dépensé 14,6 milliards de dollars en vêtements, chaussures et accessoires ; 30 % de ces achats ont été effectués en ligne.

EN FRANCE[34]

En 2022, 3,3 milliards de vêtements et de chaussures ont été mis en vente sur le marché français. C'est 827 000 tonnes de vêtements neufs de plus chaque année dans les tiroirs et placards français.

En moyenne, les Français·es ont acheté 48 articles en 2023. Leur consommation de vêtements a augmenté de 33 % entre 2012 et 2022.

Les hommes ajouteraient 20 nouveaux articles par année à leur placard, alors que les femmes en ajouteraient 35 et les enfants 59, dont 10 t-shirts.

3

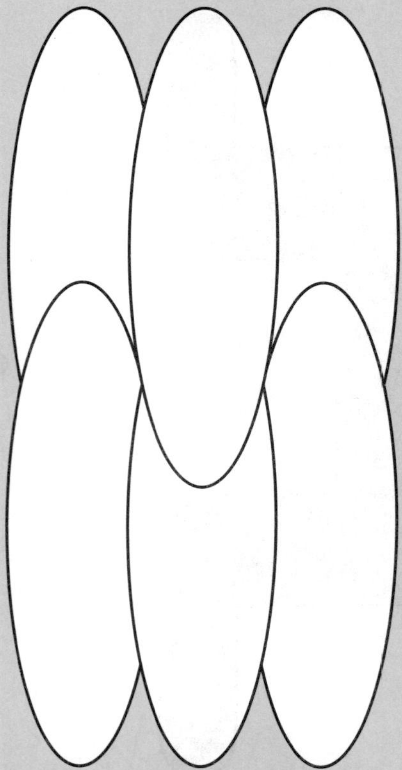

UNE AFFAIRE DE LOOK

Je me souviens de la première fois où je me suis pointé à l'école avec un faux chandail Vuarnet et de fausses chaussures Converse. J'étais persuadé de tromper tout le monde. J'allais enfin être distingué, au sens bourdieusien du terme. Et puis non. La contrefaçon se voyait aisément dans l'œil des enfants qui en avaient des authentiques. Leur jugement était sans appel, et la reproduction des inégalités, elle, bien huilée.

— Jean-Philippe Pleau[35]

Les modes ont changé et j'ai troqué mes jeans Lois pour des Levi's. Puis, au cœur de l'adolescence, j'ai voulu avoir un style qui me distinguait des autres. Puisque aucune boutique n'offrait ce que je souhaitais porter, j'ai cherché ailleurs, et c'est dans les surplus d'armée de Montréal que j'ai trouvé des bottes et des pantalons militaires. C'était peu coûteux et ça me convenait parfaitement. Ainsi, mes économies me permettaient d'acheter des Converse, rapidement remplacées par des copies convenables (sans étiquettes), moins durables, mais qui répondaient à mon désir de ne pas être l'esclave des griffes et étiquettes à la mode. Même si ce raisonnement peut apparaître curieux pour certain·es, cette logique de rejet des marques s'inscrivait en moi comme un geste autonome, libre et anticonformiste.

Autour de moi, certain·es n'avaient d'intérêt que pour les marques luxueuses les plus populaires à cette époque : Calvin Klein, Polo, Joff, Lacoste, etc. La fierté de celles et ceux qui portaient ces vêtements m'apparaissait démesurée.

Mes parents n'ont jamais valorisé cet engouement pour les logos et je ne me suis jamais identifié à ces marques de luxe. C'est toutefois à l'âge de 14 ans que j'ai développé mon aversion pour les marques et le culte des logos. Je trouvais que ça cultivait le snobisme.

Aussi paradoxal que ça puisse m'apparaître aujourd'hui, je n'étais toutefois pas aussi dégagé de l'influence de ces entreprises que j'aimais le dire, ou le penser... Puisque je me procurais, et à prix élevé, des Levi's 501 coupés sur mesure, mais que mon esprit contestataire me poussait à enlever les étiquettes. J'étais décidé à ne pas être un instrument de pub.

Je négociais bien avec ces contradictions à l'époque. Aujourd'hui, je reconnais que mon adolescence a été teintée d'une bonne dose d'ambivalence face aux vêtements.

J'ai par la suite refusé obstinément d'acheter des vêtements de marques qui affichaient leur logo de façon ostentatoire : je trouvais toujours aussi ridicule de payer pour être l'homme-sandwich ou le panneau-réclame d'une compagnie. La remise en cause de la prescription de la mode était forte en moi et cela servait bien mon budget. Ce n'était pas seulement pour des motifs idéologiques... Le look grano était plus économique et... j'avais un élan amoureux pour une fille grano.

Le vêtement comme marqueur social

C'est indéniable, les vêtements sont une extension de la personnalité. Nous aimons nous reconnaître et nous exprimer avec ceux-ci. Comme nous l'avons abordé précédemment, les vêtements sont politiques, particulièrement en ce qui a trait à leur production. Mais ils sont aussi intimement liés à des enjeux de pouvoir et de luttes sociales. Les vêtements portent l'empreinte de celles et ceux qui les ont produits, ils sont aussi des marqueurs de CLASSES SOCIALES et des diktats de genre.

Toutes les cultures du monde ont investi les vêtements de symboles, des artefacts qui permettent de décoder les sociétés. S'ils en révèlent beaucoup sur les conditions de travail, ils offrent aussi des pistes intéressantes pour comprendre les rapports sociaux, les tensions et les prescriptions sociales.

Les classes sociales s'établissent au sein d'une société par des critères économiques, sociaux ou culturels qui permettent de distinguer les individus. Cette division des personnes en classes sociales peut être engendrée ou influencée par des facteurs historiques, politiques et sociaux et elle révèle des tensions et des inégalités au sein des populations.

Grâce à des signes distinctifs, les vêtements ont rapidement contribué à inscrire concrètement les fonctions des personnes qui les portent et certains éléments liés au contrôle et à l'ordre social. Autrefois, des parures, des couleurs ou des tissus étaient réservés aux personnes de haut rang social. Aujourd'hui, par des ornements ou des types de vêtements, une personne peut afficher ses fonctions ou ses convictions.

Plusieurs établissements scolaires, invoquant une multitude de prétextes, ont adopté des uniformes. Parmi ceux-ci : la sécurité (facilité à identifier un·e intrus·e), la gestion des contraintes ou des enjeux liés aux vêtements dans l'école (une règle pour tous et toutes), l'égalité sociale (l'abolition de la surenchère et de la compétition entre élèves quant aux vêtements griffés), l'économie (limiter les ensembles multiples), la création d'une tradition et d'un sentiment d'appartenance institutionnel (tous et toutes aux couleurs de l'école). Si on valorise l'uniforme en milieu scolaire, on passe souvent sous silence la provenance et les conditions de travail de celles et ceux qui fabriquent ces vêtements. Le monde scolaire sait fermer les yeux sur certains enjeux…

Des conventions sociales arbitraires régissent les codes vestimentaires. Selon que nous ayons une sortie amoureuse, une entrevue d'embauche, un bal de finissant·es, une sortie à la plage, nous ne choisirons pas les mêmes vêtements. Et, si les distinctions entre ces différentes tenues peuvent sembler évidentes, ce sont tout de même des normes qui codent nos rapports sociaux. Ces conventions s'avèrent lourdes pour plusieurs et révèlent les injonctions sociales contenues dans les vêtements.

Le vêtement peut aussi être utilisé comme un outil de revendication et de subversion. Plusieurs actions politiques ont été menées contre l'exploitation de vêtements chargés symboliquement.

Pensons au combat de Marie-Rose Astié de Valsayre qui, en 1887, a milité pour le droit des femmes à porter le pantalon[36], au mouvement punk avec ses vêtements déchirés, au label *No Logo* créé par le groupe canadien Adbusters, fondé en 1989, qui invite au rejet des logos de grandes marques, aux Femen qui se dénudent dans l'espace public pour revendiquer l'usage politique de leur corps. Pensons aux élèves de l'école secondaire Robert-Gravel, à Montréal, qui, en 2016, ont accroché des soutiens-gorge à leurs casiers pour marquer leur opposition à la décision de la direction de l'école de rendre obligatoire le port de sous-vêtements[37]. Pensons aux garçons québécois qui, en 2020, ont décidé de porter des jupes pour dénoncer la pression sociale exercée sur les femmes[38].

Un simple t-shirt portant une inscription permet d'afficher des intérêts (groupes de musique), des valeurs (messages engagés, slogans), des affiliations culturelles et idéologiques (groupe ethnique, symbole LGBTQ+) ou des affiliations ostentatoires (logos de marques onéreuses).

L'artiste Safia Nolin a été victime de l'opprobre sociale lorsqu'elle a défié les codes vestimentaires des soirées de gala en portant un t-shirt à l'effigie du chanteur québécois Gerry Boulet. La colère avec laquelle de nombreuses personnes ont attaqué la chanteuse sur les réseaux sociaux et dans les médias traditionnels a révélé une agressivité inouïe. Cet événement fait la démonstration de la violence des normes sociales quant au corps, des conventions sociales et de la pseudo-liberté de se vêtir comme on l'entend. Toutes générations et tous sexes confondus, la violence se révèle aussi dans des propos misogynes envers les victimes d'agressions sexuelles.

Si les vêtements n'étaient que des vêtements, rien ne nous empêcherait d'aller à l'école ou au bureau en pyjama, ou de mettre un costume de superhéros à un entretien d'embauche. Nos vêtements disent ce que nous voulons projeter, ce que nous assumons selon les codes sociaux établis.

En 1978, les chercheur·es en psychologie sociale Marvin L. Bouska et Patricia A. Beatty, de l'université d'État du Dakota, ont réalisé une expérience à propos de l'influence des vêtements sur notre perception des individus. Deux complices devaient converser au milieu d'une foule et se tenir à 1,5 mètre l'un de l'autre afin de gêner la circulation des piétons. D'abord en tenue veston-cravate, puis, dans un deuxième temps, en vêtements plus décontractés.

L'expérience a démontré que les marcheur·euses contournaient les complices habillés en costards, mais n'hésitaient pas à passer devant les deux personnes habillées plus simplement[39].

D'après le sociologue Erving Goffman, les humain·es utilisent les vêtements pour se représenter dans un rôle social comme s'il s'agissait d'une pièce de théâtre. Ainsi, nos vêtements nous permettent de créer des impressions lorsque nous interagissons avec les autres. Nous sommes continuellement dans un jeu de regards et d'affirmation. Sommes-nous semblables? Différent·es? Et en quoi sommes-nous différent·es? En quoi sommes-nous semblables? Les vêtements que je porte sont-ils d'une marque connue? Sont-ils rares? Communs? Coûteux? Bon marché? Fabriqués de façon industrielle? Artisanale? Sont-ils sales? Propres?

Par ailleurs, nos choix vestimentaires sont plus complexes que la simple expression de nos goûts et de nos préférences. La société dans laquelle nous évoluons a établi des normes parfois claires, parfois plus floues afin de distinguer ce qui est socialement admis de revêtir. Certaines couleurs, comme le rose ou le bleu, sont encore identifiées à un genre en particulier pour de nombreuses personnes. Les différentes coupes de vêtements, dont la robe et le pantalon, sont arbitrairement associées à un genre dans les sociétés occidentales. L'histoire des vêtements est truffée d'exemples de tenues prescrites à un genre ou à un autre, à une classe sociale ou à une autre. Et certains individus, voire des groupes, ont toujours pris plaisir à transgresser ces normes.

La mode comme norme sociale

Lorsque j'étais en cinquième année, une nouvelle élève est arrivée à mon école primaire en milieu d'année. À sa première journée, elle avait choisi de porter un pantalon en similicuir noir, ce qui sortait de l'ordinaire pour les élèves de la banlieue où j'ai grandi. Plusieurs enfants se sont moqués de ses vêtements, mais aussi d'elle. Le lendemain, la nouvelle élève est venue à l'école avec des pantalons de couleur semblables à ceux que portaient les autres filles. Elle avait aussi apporté une paire de ciseaux, avec lesquels elle a découpé son pantalon de similicuir au-dessus d'une poubelle extérieure sous les regards médusés des élèves. La séance de sacrifice s'est terminée par des rires et des applaudissements. Elle venait de marquer symboliquement qu'elle souhaitait faire partie du groupe.

La normalisation par le vêtement est un processus social violent. D'abord, tous et toutes ne souhaitent pas se conformer et se plier à la mode en vogue. Tous et toutes n'ont pas les moyens d'acheter les vêtements qui se présentent comme la seule façon d'être une personne qui sera perçue comme étant «cool». Par ailleurs, plusieurs personnes n'ont que faire de ces préoccupations, et leur posture est tout à fait légitime.

Pour Elizabeth Wilson, une spécialiste de la mode, notre corps, notre genre et notre statut social sont soumis aux impératifs vestimentaires en vogue. Nous ne sommes donc pas libres de nous habiller comme nous le souhaitons.

Les cultures dans lesquelles nous évoluons tracent une ligne entre ce qui est jugé acceptable et ce qui ne l'est pas. Ces normes sont véhiculées de manière subtile – ou hypocrite, diraient certain·es. Pensons aux hauts à bretelles interdits aux filles dans certaines écoles, au port obligatoire du chandail dans les centres commerciaux, au pull court (le fameux chandail bedaine) réservé aux filles et aux jeunes femmes.

Au fil des ans, les injonctions et les obligations dans le domaine du vêtement et de la mode ont gagné du terrain. Si, autrefois, les plus jeunes étaient épargnés, aujourd'hui, plusieurs voient leur esprit contaminé par les opérations de marketing des grandes marques de la mode et les réflexes normatifs imposés par les groupes sociaux dans lesquels ils gravitent. De plus, l'omniprésence des réseaux sociaux et l'accès à un plus jeune âge aux médias de masse contribuent à la normalisation des styles vestimentaires et des codes qui y sont rattachés.

Du style en série

La production industrielle de vêtements crée une illusion de choix et de styles qui peuvent nous sembler originaux mais qui, en définitive, ne sont que le fruit d'une production à la chaîne et... contrôlée par l'industrie. Tout ce qu'on nous présente comme choix vestimentaire est le résultat de décisions prises à divers niveaux de la chaîne visant à remplir les cahiers de charges des entreprises de mode. Les vêtements que nous choisissons, le style que nous nous créons ne viennent que des choix faits par des acheteur·euses-stylistes. Ce qui ne nous empêchera pas d'être convaincu·es d'avoir fait un choix personnel...

Même si elle n'est pas accessible à tous et à toutes, la création d'un style personnalisé dépend de plusieurs savoir-faire: coudre, transformer et personnaliser. Mais l'industrie n'a que faire de valoriser la voie créative. La dépendance à la nouveauté est une assurance de profits pour la machine mode. Il n'y a pas de choix possible: acheter permet de forger son look.

C'est peut-être là que se trouve notre aliénation: dans la surconsommation tant décriée. La déconnexion avec les processus de production est le reflet de notre époque, de notre insouciance face aux conséquences de cette production de masse. Elle révèle aussi le vide que cette industrie alimente. Les gouvernements se montrent complices, parfois simplement par inaction, de cette industrie qui exploite les ressources et les travailleur·euses sans égard aux conséquences sociales et environnementales.

Comme l'explique le philosophe Walter Benjamin, la reproduction en série de vêtements les réduit à une fonction de biens interchangeables, et l'attachement à l'objet acheté n'est assurément pas le même que celui qu'on aurait pour un objet conçu ou légué par un être cher.

Par extension, le fait de se vêtir avec des vêtements produits à grande échelle nous transforme en «objet consommé». Dans ce système de surproduction et de surconsommation, nos désirs d'originalité sont banalisés, annihilés et réduits aux seuls choix qui nous sont offerts. Ainsi, comme dans la cour d'école, l'individu qui ne porte pas d'espadrilles avec le logo en forme de crochet pourra être mis à l'écart, ostracisé et intimidé. La machine mode fabrique des standards pour que chacun·e devienne membre en règle de la société de consommation.

MONOSTYLE

Steve Jobs, Barack Obama, Mark Zuckerberg, David Lynch, Ellen DeGeneres et Adele ont tous et toutes en commun d'avoir pris la décision de s'habiller tous les jours sensiblement de la même façon. Leur postulat minimaliste ? Ils et elles évacuent ainsi les décisions non cruciales de leur vie. Selon le journaliste Nicolas Bérubé de *La Presse*[40], entre « l'âge de 6 ans et celui de l'espérance de vie moyenne au Canada, soit 82 ans, c'est plus de 27 000 décisions qui sont ainsi éliminées ».

Pour Walter Benjamin, cette culture de consommation de masse montre que les individus sont fondamentalement distraits par cette machine et que, dans une certaine mesure, les citoyen·nes ainsi aliéné·es deviennent, petit à petit, étranger·ères à leurs véritables désirs et aspirations. Comme si l'offre de la production de masse devait répondre à toutes les attentes. Comme si tous les rêves qui se présentent en marge de cet inventaire devenaient nécessairement suspects ou futiles. Ce processus par lequel les consommateur·rices sont pris·es de désir pour un article de mode, obsédé·es par son acquisition et momentanément comblé·es par sa possession décrit parfaitement notre époque.

Jamais la manipulation des individus n'aura été aussi efficace. Par le diktat de la mode, le capitalisme alimente une logique implacable de dépendance qui pousse à sans cesse reproduire ce qui est déjà connu et à ne pas regarder ailleurs. Même s'il n'est pas toujours facile de l'admettre, nous sommes l'objet de forces et d'influences de la part d'une des plus grandes industries du monde.

Le réflexe d'imitation

Nous savons depuis longtemps qu'en tant qu'humain·es, nous avons tendance à préférer ce que nous connaissons à ce que nous ignorons. Ainsi, une exposition répétée à des produits provoque la normalisation de ceux-ci, ce qui explique pourquoi les compagnies paient des sommes importantes pour être présentes dans les différents médias que nous consommons. Jumeler cette pratique à la collecte de nos données personnelles, que nous disséminons en ligne, permet aux compagnies de suivre à la trace chacune de nos inclinaisons. Elles savent tout de nos recherches quand nous nous intéressons à un produit de consommation. Ce n'est pas une métaphore, nous sommes traqué·es. Des compagnies chinoises comme Temu et Shein, ou états-uniennes comme Amazon scrutent nos moindres désirs à l'aide d'algorithmes redoutablement efficaces.

Comme l'a démontré le psychologue polonais Robert Zajonc, le fait d'être exposé régulièrement à un stimulus nous le rend familier. Petit à petit, notre subconscient induit une réaction affective pour ce que nous reconnaissons comme étant commun[41]. Voilà qui explique pourquoi l'industrie souhaite nous exposer le plus souvent possible à ses logos et à ses produits.

Le contenu des publications qui envahissent les réseaux sociaux aujourd'hui a été planifié il y a des semaines, des mois, voire depuis plus longtemps. L'industrie de la mode réfléchit déjà à ce qui fera envie aux consommateur·rices l'an prochain. Les équipes de marketing et de communications travaillent avec l'IA, qui fait partie de leur arsenal de persuasion pour adapter la production à la demande. Parfois, c'est l'inverse: on moule la demande à la production. Ainsi, et ce n'est pas banal, les corps devront être conformes aux collections planifiées.

Les vêtements sont produits à une telle vitesse qu'il apparaît presque impensable d'envisager, à court ou à moyen terme, un ralentissement de la production. Le concept de «modernité liquide» du philosophe Zygmunt Bauman suggère que toutes nos structures sociales actuelles sont changeantes et ajustées aux attentes du marché. C'est ce qui est préoccupant.

Comme s'il n'y avait plus d'autre direction que celle que déterminent les désirs spontanés et frénétiques des consommateur·rices, alors que ces désirs eux-mêmes sont éphémères. Dans cette course sans fin de la machine mode, la production de nouvelles tendances n'a d'autre but que de renouveler *ad infinitum* nos placards.

Uniformiser la différence ?

En marchant dans une foule ou simplement en croisant un groupe de personnes, on remarque tout de suite à quel point les individus qui se fréquentent portent des vêtements semblables. Cette représentation symbolique de l'appartenance par le biais des vêtements se trouve autant chez les enfants, les adolescent·es et les adultes. Pourtant, dans les pays démocratiques, personne n'est forcé·e d'adopter un style ou un autre...

Pour le sociologue Pierre Bourdieu, les codes vestimentaires s'inscrivent dans ce qu'il nomme L'HABITUS : c'est, selon lui, la somme de ce que nous récoltons comme influence lors de notre socialisation avec les autres. Le langage parlé, les désirs, les rêves sont façonnés par le milieu dans lequel nous évoluons. Il en est de même avec les vêtements que nous désirons et ce que nous appelons nos goûts vestimentaires. Il n'est pas rare que des marques fassent l'objet d'un culte. Un groupe d'ami·es pourrait valoriser les chandails à l'effigie d'une marque de voiture, ou une marque de vêtements en particulier, au détriment d'autres marques

L'habitus, tel que décrit par le sociologue Pierre Bourdieu, tend à démontrer que les individus intègrent les comportements, les goûts et les valeurs des milieux dont ils sont issus, et que nos expériences sociales nous façonnent. Selon cette hypothèse, nos choix alimentaires, vestimentaires, linguistiques et culturels se perpétueraient de génération en génération en reproduisant aussi les inégalités sociales.

moins prestigieuses ou qui n'incarneraient pas les valeurs du groupe. La réussite sociale (Hugo Boss) et la puissance (Nike) sont des valeurs qu'il est facile de valoriser par les vêtements. L'engouement pour une marque peut également se traduire par une propension à collectionner des articles, comme des chaussures de sport. Pour Bourdieu, le fait d'adopter ces marques indique la volonté d'obtenir une reconnaissance sociale, voire du respect et une forme de prestige. Les vêtements ont donc un pouvoir symbolique qui dépasse leur simple fonction de nous vêtir.

La fétichisation des marchandises ne s'arrête pas à l'objet lui-même. Certain·es vont jusqu'à collectionner les boîtes de leurs New Balance, les sacs de leurs achats chez Lululemon, ou encore à fixer au mur la facture de leur dernière transaction à la boutique Gucci. Que révèle sur nous et notre époque cette tendance à fétichiser des articles de mode?

Instagram et TikTok regorgent de comptes où des influenceur·euses font étalage de leurs possessions, affichant ainsi leur réussite et leur importance sociale. Jamais dans l'histoire de l'humanité n'a-t-il été plus facile qu'aujourd'hui de faire la démonstration de ses avoirs.

Sur YouTube, on trouve des séances de déballage de boîtes (en anglais, cette pratique a même un nom: *unboxing*). Il existe des chaînes d'influenceur·euses mode qui pratiquent le PORTER-RETOURNER (*wardrobing*) et retournent les marchandises commandées dès l'instant où leur vidéo est mise en ligne.

À l'image du slogan de Temu, «*Shop Like a Billionaire*», des consommateur·rices de toutes les classes sociales ont le réflexe d'imiter celles et ceux des classes supérieures dans leur rapport à la consommation. La consommation ostentatoire encouragée par les experts en marketing devient donc une forme de compulsion qui se traduit par l'accumulation de biens, laquelle nous confirme notre statut et notre progrès dans l'échelle sociale.

L'image de marque

L'industrie du vêtement ne pourrait certainement pas être aussi rentable si elle ne produisait que des articles à la chaîne. L'histoire de la mode a vu émerger une grande quantité de marques. Certaines d'entre elles ont réussi à s'imposer et sont devenues des entreprises plus grandes que nature. Pour se procurer la dernière nouveauté d'une de ces marques, certain·es consommateur·rices sont prêt·es à tout. La mode s'inscrit dans le processus d'individuation et, loin d'être anodin, ce processus touche des aspects importants de l'identité culturelle, sociale et individuelle.

La pratique du porter-retourner (*wardrobing*) consiste à acheter un vêtement et à le porter tout en conservant l'étiquette pour ensuite le retourner afin de recevoir un remboursement.

EFFET VEBLEN

Le concept de la loi de l'offre et de la demande est bien connu : lorsque l'offre d'un produit est restreinte, les prix augmentent. L'effet Veblen, aussi appelé effet snobisme, explique quant à lui une curieuse dynamique des consommateur·rices : que la demande d'un article augmente en même temps que le prix de celui-ci augmente.

Les grandes entreprises de vêtements qui nous font rêver, désirer, voire qui créent chez nous l'obsession d'un look ont compris la psychologie de la consommation. Elles savent que les outils de communication comme les réseaux sociaux peuvent faire déferler les tendances et les modes à un rythme encore jamais observé. Les capacités de production de la Chine et des autres pays du Sud global, couplées avec les outils des grandes entreprises qui possèdent les médias sociaux, qui leur permettent de récolter des données extrêmement pointues sur les articles qui plaisent, constituent des avantages révolutionnaires dans la façon de vendre. Mais ce qui apparaît comme un progrès extraordinaire s'avère aussi particulièrement inquiétant lorsqu'on l'observe dans une perspective environnementale.

Comme l'a montré Naomi Klein, plusieurs entreprises ont su créer une marque de prestige alors que leur logo n'était qu'une image de marque, une sorte de coquille vide. Les grandes entreprises du domaine du vêtement paient des sous-traitants pour produire des articles sur lesquels on appose un logo connu du public afin d'en authentifier la qualité. L'entreprise Nike, cofondée par Phil Knight, est un des exemples les plus célèbres de cette pratique commerciale. L'entreprise, qui comptait 83700 employé·es en 2023[42], fait toujours appel à des dizaines de milliers de sous-traitants dans plusieurs pays pour confectionner des vêtements arborant le célébrissime *swoosh.*

> **NAOMI KLEIN**
>
> Naomi Klein, née à Montréal, est une journaliste et militante qui s'est penchée sur la mondialisation, le capitalisme et les enjeux environnementaux. Son livre *No Logo : la tyrannie des marques,* en 1999, a contribué à mettre en lumière les méthodes prédatrices des multinationales de marques populaires, et les effets de la mondialisation sur les travailleur·euses et les communautés. Son engagement s'est poursuivi avec d'autres livres phares de la culture altermondialiste (mouvement social critique des effets négatifs de la mondialisation aux aspirations équitables, solidaires et respectueuses de l'environnement). Dans son livre *La stratégie du choc : la montée d'un capitalisme du désastre* (2007), elle explique comment les crises sont exploitées pour imposer des changements fondamentaux dans les structures sociales.

Nike fait l'objet d'une enquête importante qui l'expose à une poursuite de plus de 500 millions de dollars états-uniens pour avoir maquillé les faits concernant des milliers d'employé·es ayant travaillé en sous-traitance de l'entreprise. Elle n'est pas la seule à préférer engager des «contracteurs indépendants» pour éviter de payer tous les avantages sociaux dus aux employé·es – des fonds de retraite, des assurances et des heures supplémentaires. Ces petites compagnies sous-traitantes mettent en pratique un stratagème frauduleux nommé « tamiser les lumières » (*dim the lights*) qui consiste à mettre à pied leurs employé·es dans les périodes de production plus tranquilles et à offrir à certain·es des « semaines de bien-être » (*wellness week*). En jouant sur les mots et les définitions de tâches, Nike évite de payer des salaires décents et d'offrir de bonnes conditions de travail à celles et ceux qui fabriquent leurs produits si convoités[43].

> Le célèbre logo de Nike, créé en 1971, est une des images de marque les plus connues au monde. Pourtant, sa créatrice n'a pas eu toute la reconnaissance qu'elle mérite. Carolyn Davidson, alors étudiante en graphisme, a été approchée par Phil Knight, un des cofondateurs de Nike, pour créer le logo de l'entreprise. Elle n'a reçu que 35 dollars pour son travail. Plusieurs rumeurs contradictoires existent. Il est possible qu'elle n'ait rien eu de plus. Il est possible aussi qu'en 1980 elle ait reçu plusieurs actions de l'entreprise[44].

Afin de répondre aux attentes artificiellement gonflées par le marketing, les grandes entreprises du secteur de la mode doivent soutenir un rythme effréné de production souvent basé sur l'exploitation. Cet engouement pour la nouveauté n'est pas sans rappeler d'autres dépendances : drogue, alcool, jeu. En fait, l'industrie de la mode n'a aucune intention d'assouvir nos désirs, bien au contraire ! L'idée est de les combler momentanément et, juste avant que ne se conclue une vente, de susciter notre désir pour un autre article.

Si l'oniomanie, la dépendance à la consommation, n'est pas valorisée socialement, les structures mises en place dans la culture marchande encouragent néanmoins les achats compulsifs : crédit, répartition des paiements, obsolescence programmée, omniprésence des injonctions pour acheter, mode changeante, etc. Toutes ces stratégies voient leur efficacité décuplée par le recours à des célébrités ou à des célébrités autopatentées, comme des influenceur·euses, à qui les consommateur·rices s'identifient facilement.

En effet, l'identification à une figure de la culture pop est l'un des ingrédients les plus efficaces pour donner de la notoriété à une image de marque. Le lien qui se crée avec une célébrité est directement lié aux affects et, lorsque les émotions sont en jeu, bien souvent sans égard à l'âge, les injonctions à se procurer un article frappent dans le mille. Les grandes vedettes de l'industrie de la musique et du sport sont vite récupérées par le marketing et, dès que leur popularité augmente, il devient facile de les réduire à des panneaux-réclames ou d'en faire des porte-parole béat·es.

Lorsque Lamine Yamal, joueur du FC Barcelone âgé de presque 17 ans, a compté un but contre la France durant la demi-finale de l'Euro 2024, des expert·es en marketing ont assurément tenté de joindre son agent avant même que la foule cesse d'applaudir le jeune joueur. Pareil prodige représente des millions pour les entreprises. On chiffre d'ailleurs l'impact de Tiger Woods sur les ventes de produits Nike, lorsqu'il en était le porte-parole de 1996 à 2024, à plusieurs centaines de millions de dollars. Le golfeur a, pour sa part, reçu entre 500 et 600 millions de dollars états-uniens pour ses services.[45]

Ce n'est pas un hasard si les vedettes reçoivent des cachets extraordinaires. Ces personnalités publiques stimulent l'identification au sein de la population. Les acheteur·euses rêvent de mieux jouer juste en enfilant le costume de leur modèle. Cet idéal, jamais atteint parce que réinventé en continu par la machine mode, demeure un ersatz du rêve que nous entretenons par nos achats. Pour le sociologue Jean Baudrillard, l'image que nous avons de nous-même prend désormais le dessus sur la personne que nous sommes réellement. Les entreprises de la mode le savent et elles alimentent nos rêves inconscients, exploitent nos failles et proposent de combler, par l'achat compulsif, ce que nous croyons qu'il nous manque.

Comme notre corps sera toujours différent de ceux présentés par l'industrie, notre insatisfaction demeurera permanente. Jamais assez musclé·e, grand·e, mince pour les idéaux qui nous sont transmis. Très petit, petit, moyen, grand, très grand : ces standards de tailles de vêtements sont fixés pour satisfaire les exigences de la chaîne de production et non pour habiller le plus grand nombre possible d'humain·es.

Les grandes entreprises, en créant leurs collections de vêtements, fixent des tailles standards et discriminent de très nombreuses personnes. Les tailles créées sur les tables à dessin de créateur·rices déterminent les silhouettes à la mode. Mais qu'arrive-t-il aux personnes qui ne correspondent pas à ces standards ? Elles peinent à trouver des vêtements à leur taille, alors que le marché est inondé de vêtements fabriqués dans des tailles standardisées qui ne leur conviennent pas. Ce qu'il est essentiel de retenir, c'est que ces normes nient la diversité des corps et évacuent de l'espace public tout ce qui ne correspond pas aux standards établis. Et, dès notre plus jeune âge, nous sommes confronté·es à ces représentations.

Les marques en mode digital

Les enfants sont exposés de plus en plus jeunes à des modèles de corps standardisés, particulièrement dans des œuvres de fiction. Les films de Disney sont d'ailleurs régulièrement pointés du doigt à ce sujet : représentations traditionnelles des genres et mensurations irréalistes du corps féminin.

Aujourd'hui, c'est aussi sur des plateformes de jeu comme *Roblox* que l'influence s'exerce. *Dress to Impress* est un jeu populaire qui stimule, en continu, le désir de nouveauté et d'imitation. Les joueur·euses doivent habiller des poupées virtuelles qui défileront ensuite sur une passerelle (*catwalk*) afin de se soumettre aux jugements des autres participant·es. Il y a donc la création d'un palmarès des poupées qui ont un style dit « parfait ».

Le jeu est un tel phénomène qu'en septembre 2024, 243 millions de publications sur TikTok avaient été liées au mot-clic *#Dresstoimpress*[46]. Des poses (pose 28) de ce jeu sont maintenant récupérées par des mannequins et des influenceur·euses.

C'est ainsi qu'on intègre rapidement les normes et les impératifs de l'industrie de la mode. Sur les réseaux sociaux, les influenceur·euses produisent à un rythme effréné des recommandations permettant de réinventer son style. Les entreprises détenant les grandes marques couvrent de cadeaux et de privilèges ces personnes qui leur font de la publicité afin de continuer de bénéficier de la visibilité qu'elles offrent à leurs produits.

Les grandes maisons de la mode disposent d'une notoriété incomparable. En effet, même les enfants connaissent les noms des marques les plus célèbres. Parce qu'on les expose de plus en plus précocement aux médias, plusieurs enfants peuvent identifier le logo de nombreuses grandes marques et les nommer : Gucci, Yves Saint Laurent, Louis Vuitton, Dior, Prada, Chanel, Lacoste, etc. Ces entreprises savent se faire reconnaître et sont passées maîtres pour masquer les coulisses de leur production compulsive.

Les dépotoirs des marques

Pour alimenter le rêve, les entreprises de la mode, parce qu'elles favorisent la surconsommation, doivent mettre en place un système pour gérer les surplus. Avec pour résultat que le contenu d'un camion de vêtements est détruit chaque seconde[47], que des employé·es de boutiques lacèrent à coups de ciseaux ou de couteaux des chaussures et des sacs de cuir, avant de les jeter aux ordures ou de les exporter à la tonne sur le continent africain.

Ces invendus envoyés en Afrique sont, selon Greenpeace, recyclés en produits de moindre qualité (chiffons) et plus de 50% sont exportés pour trouver preneur sur les marchés de l'Afrique de l'Ouest, notamment au Ghana. En janvier 2025, un incendie a ravagé le marché de Kantamanto dans le quartier d'affaires d'Accra où plus de 30000 commerçants vendent des vêtements de seconde main importés d'Europe.

Toutefois, des tonnes de vêtements et de chaussures sont aussi brûlés dans de grands feux à ciel ouvert desquels s'échappent de la fumée toxique, ou envoyés dans des décharges comme celle de Dandora au Kenya, la plus grande de l'Afrique de l'Est. Ce dépotoir qui occasionne des problèmes de santé importants aux populations avoisinantes a été fermé selon Africa News en 2021 sur décision d'un tribunal, mais était encore en fonction en août 2024.

Beaucoup de ressources sont ainsi utilisées pour retirer le plus discrètement possible les surplus afin d'éviter d'attirer l'attention des consommateur·rices sur ce désastre perpétuel.

Doit-on s'étonner d'une industrie qui cultive le paraître qu'elle détruise aussi facilement ce qui ne lui sert plus ?

> *Mitumba*, « paquet » en swahili, désigne des vêtements emballés en ballots de plastique ou regroupés en paquets et qui proviennent de pays où les populations vivent dans l'opulence et la surconsommation. La Tanzanie reçoit ces *mitumba* ensuite dispersés sur le continent africain. Si plusieurs personnes vivent de ce commerce triangulaire, les analystes ont un avis mitigé sur son impact économique, car sa compétition déloyale affecte les industries locales, et contribue parfois à la valorisation des marques occidentales.

On érige des édifices de plusieurs étages comme le Rana Plaza dans des pays où aucune règle ne protège les travailleur·euses et on y installe des manufactures textiles qui les exploitent. À des centaines de kilomètres, on creuse des fosses pour enterrer les surplus de production.

Au Chili, au beau milieu du désert d'Atacama (à 1800 km au nord de Santiago), chaque année, 59 000 tonnes de vêtements invendus sont déversées dans une décharge illégale[48]. Ce site naturel grandiose est désormais surnommé le « vortex de déchets de la mode ». Des « fouilleurs » de ce dépotoir à ciel ouvert y trouveront des vêtements à base de matériaux synthétiques qui ne se biodégradent pas.

Profitant d'un des ports « hors taxe » les plus importants d'Amérique du Sud, les compagnies d'Europe, d'Asie et d'Amérique y ont déchargé, en 2022, 44 millions de tonnes de la production issue de la mode jetable : surplus, invendus, inventaires élagués de friperies.

Certains vêtements seront vendus sur les marchés chiliens et une grande quantité se désagrégera dans le désert d'Atacama. Selon National Geographic, ce qui reste de ces vêtements sera expédié en République dominicaine, au Panama ou réexpédié en Asie, en Afrique ou aux États-Unis.

Devant pareille aberration, une question se pose. Pourquoi produire avec autant de frénésie ? Pourquoi les salaires des employé·es de ce secteur de l'économie sont-ils aussi bas – des salaires ne sont pas sans rappeler la période de l'esclavage ? Pourquoi payer à ces travailleur·euses des salaires qui ne leur permettent même pas de vivre décemment si c'est pour ensuite jeter les produits de leur labeur ?

TRANSPORT MARITIME PAR CONTENEURS

- Le *Mediterranean Shipping Company* (MSC) *Irina Class* est le plus grand navire de marchandise dans la catégorie des *ultra large container vessels* (ULCV). Ce cargo peut transporter 24 346 conteneurs équivalents à vingt pieds (EVP : conteneurs de 20 pieds de long, soit 6,1 mètres)[49].
- Plus de 1400 conteneurs dérivent, coulent ou s'échouent chaque année[50].
- L'*Ever Given,* long de 400 mètres, large de 59, est haut comme un immeuble de 20 étages. En 2021, alors qu'il transportait 18 000 conteneurs, il s'est échoué dans le canal de Suez pendant 100 jours, immobilisant 422 navires chargés de 26 millions de tonnes de marchandises[51].
- Les navires porte-conteneurs transportent 16 % des marchandises mondiales[52].
- Les cargos transportent des marchandises équivalant à 60 % de la valeur totale des marchandises échangées dans le monde[53].
- Le groupe maritime Stallion évalue que le transport par conteneurs maritimes augmentera de 2 à 5 % dans les prochaines années[54].

4

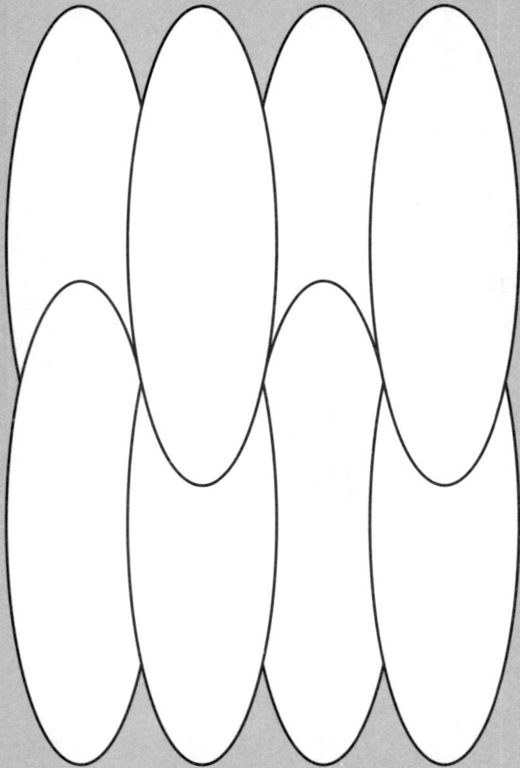

UNE PLANÈTE EN SOLDE

Rien n'est laissé au hasard dans le fonctionnement de la mode jetable. C'est une industrie qui, au fil des siècles, a fait ses preuves. Les métiers à tisser ont évolué, grossi, comme les manufactures du début du XXe siècle. Des porte-conteneurs sillonnent maintenant les océans pour approvisionner des boutiques, toutes les mêmes d'un pays, d'une ville à l'autre, en articles des toutes dernières tendances. La machine mode a mis en place une structure omniprésente sur les écrans et les plateformes numériques.

Est-il possible d'échapper à la démesure et à la mise en scène publicitaire des grandes maisons de la mode? Il n'y a évidemment pas de mal à aimer les styles, la mode et la créativité. L'enjeu se trouve plutôt du côté de l'industrie de la publicité, qui incite à une consommation frénétique et compulsive. Et des technologies avec lesquelles les grandes entreprises scrutent nos comportements en ligne afin d'en dégager nos désirs, nos singularités et nos réflexes, faisant en sorte que nous soyons maintenant observé·es en permanence. L'industrie nous étudie avec la détermination et l'acuité d'un·e harceleur·se en série.

La proximité et la puissance des plateformes comme Instagram et TikTok simplifient l'accès aux consommateur·rices à des moments précis où leur sensibilité s'exprime. L'état d'esprit dans lequel nous nous trouvons nous rend plus ou moins vulnérables aux décisions et aux gestes spontanés. Et Amazon, Shein et Temu sont toujours aux aguets... Grâce à nos clics, ces entreprises peuvent créer un profil d'acheteur·euse pour chacun·e d'entre nous. Elles ont une expertise inédite dans l'histoire pour stimuler, avec une redoutable efficacité, les achats compulsifs chez les humain·es.

Les valeurs des jeunes sont maintenant exposées à de multiples influences qui dépassent le cadre familial, amical et éducationnel. Grâce à des budgets faramineux et aux compétences d'expert·es en marketing et en psychologie sociale et comportementale, qui refaçonnent les perceptions et les désirs, les grandes compagnies disposent désormais d'un accès en continu aux clientèles auxquelles elles souhaitent vendre leurs produits. Les styles concoctés demeurent sous l'emprise et l'influence de grandes entreprises cotées en bourse qui veillent à leurs intérêts, à leurs profits et à leur réputation. Nos choix de vêtements, qui nous semblent conscients, subissent comme jamais auparavant des influences extérieures.

La répétition de messages publicitaires peut nous faire apprendre les mélodies ou les ritournelles (*jingles*) des chaînes de restauration rapide, les numéros de téléphone d'entreprise de déménagement ou de nettoyage en cas de sinistre et tout ça sans aucun effort. C'est avec cette même facilité que des associations se font dans notre cerveau quant à ce qu'une marque ou une autre évoque ou représente. Lentement et imperceptiblement, nous associons les marques à des idées : sortie, bal, charme, classe, prestige, puissance, élégance, attirance. Cette répétition ne contribue pas seulement à fixer les standards vestimentaires. La machine mode a aussi le pouvoir inquisiteur de fixer les normes des corps dits « idéaux ». Le déferlement d'images qui présentent des corps uniformes laissent bien peu de place à la différence. Il suffit d'aborder ce sujet avec des personnes dont la physionomie diffère de la norme corporelle fixée par l'industrie pour comprendre que ces injonctions esthétiques peuvent s'avérer très difficiles à vivre au quotidien.

Comme les marques définissent des standards physiques de beauté, elles imposent des contraintes en ne produisant que des vêtements aux tailles correspondant à leurs normes. Plusieurs personnes se trouvent ainsi exclues d'emblée par ces collections et ces marques, qui ont décrété que leurs corps ne répondent pas aux mensurations standardisées. Cette stratégie agressive de rejeter certains individus est paradoxale, puisque dans leurs messages publicitaires ces marques rappellent souvent l'importance de nous accepter comme nous sommes et de célébrer la différence.

Déjouer les lois

Les plateformes en ligne ont profondément changé les approches des grandes entreprises de l'industrie de la mode, ce qui leur a d'ailleurs permis de rajeunir leur clientèle. Si, auparavant, les grandes marques étaient surtout connues des adultes et des personnes plus fortunées, on peut affirmer qu'elles ont pu, grâce à la démocratisation de l'accès à l'information et à l'omniprésence des médias sociaux, se faire une place dans le quotidien d'une clientèle plus jeune.

La nature même des médias sociaux réduit le temps de réflexion entre la découverte d'un produit et le moment où on décide de l'acheter. Ces plateformes sont devenues pour plusieurs entreprises le lieu principal où les jeunes effectuent leurs achats. D'ailleurs, une étude menée auprès de personnes des générations Z (qui sont nées entre 1997 et 2012) et Y (les milléniaux et les milléniales, né·es entre 1980 et 1996) a montré que les plus jeunes puisent leurs inspirations pour la mode principalement sur les réseaux sociaux[55] et trouvent dans les marques qui leur ressemblent le lien de communauté recherché.

L'identification aux logos s'accompagne souvent d'une grande loyauté, voire D'ENDOCTRINEMENT. Les compagnies visent la conquête des consommateur·rices au moyen de tous les médiums afin de les lier à leurs marques. Leurs publications sur les différents réseaux sociaux poursuivent l'objectif ultime d'amener les jeunes à se connecter à leurs sites Internet, où il leur est encore plus facile d'accumuler des données sur leurs visiteur·euses.

L'endoctrinement consiste à utiliser différentes techniques de pression psychologique dans le but de neutraliser l'esprit critique. On peut ainsi marteler des idées ou des affirmations dans le but d'alimenter la fascination pour une idéologie ou un modèle de vie. Ces manipulations socio-affectives visent à exacerber la crainte du rejet (la peur), le désir d'affiliation (l'attachement) et le rêve d'un idéal à atteindre (l'espoir).

Les plateformes sur lesquelles la génération Z entretient des liens avec ces entreprises fétiches sont principalement YouTube, TikTok et Instagram[56].

Le métavers est un environnement virtuel immersif et persistant qui permet, à l'aide d'avatars personnalisés, de mettre en scène des activités sociales, ludiques, culturelles, professionnelles et commerciales.

La musique a été dématérialisée, comme les livres, les séries télévisées, les jeux vidéo et le cinéma. Ces domaines de la culture sont maintenant piratés et consommés presque gratuitement sur différentes plateformes. L'attachement et la fidélité des jeunes envers les produits culturels en font des consommateur·rices à part. Les vêtements et autres articles de mode deviennent par conséquent les principaux produits tangibles à profiter du pouvoir d'achat des jeunes. Ils s'inscrivent dans la liste des derniers produits culturels pour lesquels il faut encore acheter l'objet matériel. L'industrie de la mode encourage l'achat compulsif. Et l'univers numérique offre un environnement propice à provoquer des comportements compulsifs.

Les grandes entreprises de la mode ont aussi investi les environnements virtuels, comme le MÉTAVERS de Mark Zuckerberg. Plusieurs événements dans le métavers ont été développés par des entreprises de mode, afin de stimuler l'achat de produits numériques. Les ventes y sont faites avec des JETONS NON FONGIBLES.

En 2022, Meta a lancé une boutique de vêtements numériques dans son métavers[57]. Meta Avatars Store offre notamment des vêtements conçus par les créateurs célèbres Balenciaga, Prada et Thom Browne.

Sur la plateforme de jeu *Roblox*, qui cible plus particulièrement les enfants, les joueur·euses peuvent déambuler dans une «ville Gucci» (ce jeu porte le nom *Gucci Town*). Quant au jeu *Fortnite*, il a offert, en 2021, de la haute couture virtuelle: chandails à capuchon et sac à dos produits par Balenciaga[58].

Ce n'est pas un hasard si les jeux de consommation qui simulent l'achat d'articles sont de plus en plus présents dans les plateformes de jeux en ligne. D'ailleurs, la plupart des jeux vidéo avec des personnages (*Counter Strike, Fortnite, Roblox*) disposent de boutiques où il est possible d'acheter des costumes, des armes et d'autres accessoires personnalisés appelés *skins* et pour lesquels les jeunes joueur·euses sont prêt·es à payer cher. Car, bien que ces articles soient virtuels, il faut de l'argent véritable, converti en monnaie numérique (sous divers noms comme Robux ou V-Bucks), pour acheter à son double numérique des tenues héroïques, intimidantes ou élégantes.

Ces microtransactions constituent une part importante des profits des entreprises qui produisent les jeux, lesquels

> Les Jetons Non Fongibles (JNF) (de l'anglais NFT, *non-fungible token*) sont des actifs numériques uniques vendus sous forme de jetons avec des certificats d'authenticité. Soumis à la spéculation dans la communauté des joueur·euses et des investisseur·euses, ces jetons peuvent prendre ou perdre de la valeur et être vendus à un·e autre acheteur·euse.

se chiffrent en milliards de dollars. Il n'est pas rare de voir de jeunes enfants réclamer de l'argent en cadeau, ou un budget numérique pour habiller leur avatar. Des intervenant·es en dépendances rapportent que certain·es jeunes ont acheté pour plus de 4000 dollars de *skins*[59]. Tous ces achats, dont plusieurs jeunes sont littéralement dépendant·es[60], contribuent à développer des réflexes de banalisation pour l'achat spontané.

Le plus préoccupant est que ces entreprises puissent abuser aussi librement des jeunes consommateur·rices pour engranger des profits faramineux. La crédulité et la naïveté des enfants sont instrumentalisées au profit d'entreprises habiles, mais surtout malhonnêtes et dont les comportements rappellent ceux d'abuseurs d'enfants[61]. Car, comment nommer autrement des compagnies qui engagent des spécialistes en marketing et en psychologie des enfants pour déjouer leur vigilance?

Bien qu'il soit interdit au Québec de faire de la publicité destinée à des personnes âgées de moins de 13 ans, ces entreprises ont trouvé d'autres moyens pour atteindre leur public. Contrairement au magasinage en boutique, où les parents accompagnent encore leurs enfants à cet âge, les entreprises virtuelles savent que les jeunes peuvent s'aventurer seul·es dans ce qu'on nomme le monde virtuel. Le rêve des spécialistes en marketing!

Est-ce que le foisonnement d'articles vestimentaires numériques a, par ricochet, permis de dévaloriser les objets manufacturés? Tout apparaît remplaçable et occulte toutes les étapes de production de vêtements. Si, au cours de notre enfance, nous avons consommé des articles sans prendre conscience des processus de fabrication, est-il possible de penser que cette perception se perpétuera dans le monde réel?

Quel est le prix environnemental et humain d'un vêtement, acheté à Shein, à Temu ou à Amazon, qui apparaît magiquement sur le pas de notre porte en moins de 24 heures?

Les spécialistes en marketing numérique déploient constamment de nouvelles approches, les *martechs,* pour cibler les consommateur·rices: courtes vidéos sur TikTok, *Reels* sur Instagram ou encore *Shorts* sur YouTube, souvent mis en scène sur les succès musicaux de l'heure et qui se déploient à une vitesse fulgurante.

On assiste ainsi à des associations entre produits de mode (maquillage, vêtements, etc.) et produits culturels de l'industrie du divertissement (Marvel, série *Euphoria,* etc.).

TECHNIQUES DE PROMOTION DE LA MODE JETABLE

Présence sur les réseaux sociaux

— Les grandes entreprises de la mode investissent principalement les plateformes qui, comme YouTube, TikTok ou Instagram, mettent le visuel de l'avant. L'enrobage visuel et musical est capital pour elles. Des artistes connu·es sont également mis·es à contribution.

Collaborations avec des influenceur·euses

— Création de liens d'affaires avec des personnes influentes en matière de mode et qui disposent d'un grand nombre d'abonné·es (placement de produits, concours, etc.).

Défilés de mode en direct

— Événements à grand déploiement pour faire connaître les collections. Ils se font en association avec des célébrités comme Kanye West, Kendrick Lamar, Kim Kardashian, Kylie et Kris Jenner, Zendaya, etc.

Expériences immersives

— Présence dans les univers virtuels (plateforme *Roblox*, jeu *Fortnite*) et développement de produits comme les Jetons Non Fongibles (JNF), qui renforcent la valeur de la marque dans l'univers numérique et cultivent sa notoriété.

Système de récompenses

— La plupart des entreprises exploitent un système de récompenses qui encourage les utilisateur·rices à commenter leurs marques et produits préférés et à partager avec les abonné·es de leurs réseaux sociaux leurs plus récents achats et découvertes.

Boutiques en ligne

— Afin de faciliter les achats, les entreprises adaptent leurs plateformes de vente en ligne et proposent des modes de paiement et des méthodes de livraison simplifiées. L'approche est personnalisée et invite à s'inscrire à des infolettres.

Mise en récit (*storytelling*)

— Exploitation et récupération d'histoires touchantes pour capter l'attention afin de transmettre des informations sur les produits et de créer des liens émotifs avec la marque.

Engagement éthique

— Certaines marques épousent des causes pour se rapprocher de leur clientèle et témoigner leur attachement à des valeurs communes.

Transparence

— Présentation de certains pans choisis de la production de vêtements et des conditions de travail des artisan·es afin de mettre en lumière les efforts d'une entreprise en matière d'équité sociale et de responsabilité environnementale.

Shein et Temu savent exploiter nos réflexes d'achat en utilisant la LUDIFICATION des achats sur leurs plateformes. Est-ce étonnant ? Pour convertir un nouveau public, quoi de mieux que de récupérer des univers connus et transformer une plateforme d'achat en environnement combinant jeu et récompenses ?

Ces deux compagnies chinoises redéfinissent complètement l'expérience du magasinage en ligne en le présentant comme un jeu : personnages animés, musique rappelant l'univers des jeux vidéo, récompenses, jeux divers, etc.

Le prix des produits mis en marché, ridiculement bas, laisse croire que ces entreprises sont plus intéressées par les données qu'elles amassent sur les consommateur·rices que par la vente d'articles. Car les informations recueillies peuvent ensuite être analysées et vendues à des tiers, moyennant compensation financière… C'est donc un double commerce pour Temu et Shein.

La ludification est un processus d'intégration de jeux ou d'options ludiques (avatars, défis, points, badges, barres de progression, etc.) dans les stratégies de marketing pour transformer des tâches irritantes, difficiles ou routinières et ainsi augmenter l'engagement des participant·es (consommateur·rices) et fidéliser une clientèle.

Les caïds de la mode

L'application de Temu a beau avoir trôné à plusieurs reprises en tête du palmarès des applications les plus téléchargées, elle fait néanmoins l'objet de critiques sévères. Des poursuites ont été lancées contre Temu dans des districts des États de New York et de l'Illinois aux États-Unis[62] et, en 2024, un recours collectif a été déposé au Québec. L'avocate responsable de ce recours mentionne que les données de géolocalisation, les données biométriques (faciales, digitales, vocales) et les contacts des individus qui installent l'application sont collectés et permettraient à Temu de lire les messages privés, de suivre les notifications et même de modifier les paramètres de l'appareil où l'application est installée[63].

Selon un rapport produit par la firme Grizzly Research, qui enquête et prépare des dossiers sur les entreprises publiques, l'application de PDD Holdings inc., propriétaire de Temu, est le logiciel malveillant (*malware*) et l'espiogiciel (*spyware*) le plus inquiétant en circulation actuellement.

Et il n'y a pas que ça... Cette entreprise est capable de copier en quelques heures les créations de grand·es couturier·ères. Elle base son modèle d'affaires sur sa capacité à rendre la mode jetable accessible en un temps record partout sur la planète. Et elle fait face à beaucoup d'autres accusations.

PEUT-ON FAIRE CONFIANCE À TEMU ?

L'application Temu a été conçue par un groupe d'ingénieur·es qui a récupéré les bases de l'application chinoise Pinduoduo après qu'elle a été suspendue par Google Play. L'application aux 750 millions d'utilisateur·rices – en 2023 – a été accusée, en Chine, de contourner les contraintes de sécurité des appareils Android. Le média états-unien CNN a rapporté qu'un employé de Pinduoduo, sous couvert d'anonymat, a révélé que l'entreprise PDD Holdings avait embauché une équipe de 20 ingénieur·es et gestionnaires de produits pour exploiter les failles et les vulnérabilités d'Android afin de maximiser les possibilités de profits pour l'entreprise[64].

En fait, Temu mais aussi Shein font régulièrement l'objet de poursuites en matière de CONTREFAÇON et de violation de droit d'auteur. Ces entreprises aux ramifications chinoises ne respectent pas les droits des créateur·rices. Ainsi, H&M a poursuivi Shein pour violation de droit d'auteur pour avoir produit, distribué et vendu des copies de leur travail créatif[65].

Les produits de contrefaçon sont des marchandises qui imitent les styles et les marques connues. Au Canada, ces produits sont interdits et leur vente est passible d'amendes. Des peines d'emprisonnement peuvent même être appliquées à l'égard des contrevenant·es. Mentionnons que la Chine, l'Inde et la Turquie n'encadrent pas la contrefaçon.

En juillet 2023, trois créateur·rices ont estimé s'être fait voler des concepts par Shein et ont accusé la compagnie chinoise d'utiliser l'IA afin de piller des concepts en ligne, ce qui lui procure un avantage important dans la création de nouvelles pièces de vêtements[66]. Même si Shein se défend d'avoir plagié, le site *Ethically Dressed* a publié une liste de plus de 40 firmes et designers dont elle aurait volé les designs[67]. Jusqu'à présent, l'entreprise au banc des accusé·es n'a offert que quelques centaines de dollars en guise de compensation. Et elle a eu l'audace d'inviter celles et ceux qui la poursuivaient à participer à ses créations[68].

LA MODE JETABLE DEVANT LES TRIBUNAUX

Temu poursuit Shein pour plagiat (2023), H&M poursuit Shein pour plagiat (2023) et Forever 21 pour atteinte au droit d'auteur (2015), Gucci poursuit Forever 21 (2017), Puma poursuit Forever 21 (2017), Adidas poursuit le créateur Thom Browne (2024), Lululemon Athletica Canada poursuit Peloton (2022), Uniqlo porte plainte contre Shein pour avoir copié un de ses produits-vedettes, un mini-sac à bandoulière (2024), Shein poursuit Temu pour plagiat (2024).

Ces compagnies sont promptes à défendre leur intégrité devant les tribunaux. On se demande bien qui paie les avocat·es dans toutes ces causes pour contrefaçons de brevets et plagiats…

En décembre 2023, Temu a poursuivi Shein pour «pratiques mafieuses». La poursuite argue que les méthodes de Shein semblent basées sur l'intimidation et le harcèlement dans le seul but d'affecter la croissance de Temu. Les documents déposés au tribunal exposent le stratagème multifacette de l'entreprise chinoise: multiplier les requêtes – non fondées – pour violation du droit d'auteur et contraindre les fournisseur·euses avec des clauses d'exclusivité. Le tout effectué en employant des techniques dignes des groupes mafieux: séquestrer ou retenir de force pendant des heures dans les bureaux de Shein les fournisseur·euses qui vendent à Temu, saisir les téléphones cellulaires pendant des réunions convoquées sous de faux prétextes, menaces et obligations d'exclusivité abusives[69].

La contrefaçon s'inscrit dans la lignée du champ d'action du crime organisé au même titre que le trafic de drogue et d'armes, la prostitution juvénile et la traite de personnes[70].

Les manufactures de la mode jetable emploient, encore aujourd'hui, des enfants qui ont parfois été vendu·es pour rembourser une dette familiale envers l'employeur·euse de leurs parents. Ces enfants sont condamné·es au travail forcé sans possibilité de s'en sortir.

En Grande-Bretagne, un rapport a récemment exposé que des manufactures de vêtements à Leicester payaient leurs employé·es 5,22 livres sterling de moins que le salaire minimum. De plus, ces manufactures ont opéré durant la pandémie de COVID-19 sans respecter les règles sanitaires. Des plaintes pour travail forcé et «esclavage moderne» ont mis en lumière des pratiques telles que servitude pour dettes, trafic de personnes et abus en matière de santé et de sécurité dans l'ensemble de la chaîne d'approvisionnement de la mode jetable à Leicester[71].

Une enquête réalisée par l'organisation Public Eye a révélé que les pratiques de Shein ne respectent pas la base même des conditions de travail décentes. L'entreprise impose une cadence de travail épuisante à son personnel, qui peut travailler jusqu'à 12, parfois même 17 heures par jour[72], pour des semaines de 75 heures réparties sur 6 à 7 jours. Tant de temps passé à assembler 7200 nouveaux produits[73] destinés aux Occidentaux accros au magasinage en ligne[74].

Alors que les lois régissant le code du travail en Chine sont parmi les moins sévères au monde, Shein est reconnue pour abuser de ses employé·es. À titre d'exemple, les heures supplémentaires, bien qu'encadrées par la loi, sont payées au même tarif que les heures régulières de travail. On estime que le salaire versé aux employé·es serait équivalent à moins de 5 % du prix, souvent extrêmement bas, des produits vendus sur la plateforme[75].

Les manufactures exploitées par Shein emploient une moyenne de 200 travailleur·euses et ont une capacité de production de 1,2 million de pièces par jour. Les employé·es, sans contrat de travail, sont souvent payé·es à la pièce et doivent travailler dans des conditions dangereuses : des sorties d'immeubles qui ne permettent pas d'évacuation rapide, des fenêtres verrouillées et aucune sortie de secours. Visiblement, le modèle de construction du Rana Plaza inspire encore les architectes de la mode jetable.

Il y a pire encore.

En décembre 2023, une Britannique a trouvé un objet rigide dans la manche d'un vêtement de la marque

Regatta acheté en ligne. Il s'agissait, en fait, de la carte d'identité d'un travailleur. Sur la photo, l'homme est vêtu d'un uniforme de prisonnier. La carte indique aussi le nom et les coordonnées du ministère de la Justice de la Chine et ceux de l'institution de détention où se trouve le travailleur[76].

Ce n'est pas la première fois que des messages sont insérés dans des biens produits par des travailleur·euses chinois·es réduit·es au travail forcé. En 2014, la BBC rapportait qu'un prisonnier captif d'un *sweatshop*-prison avait inséré un message de détresse et sa carte de détenu dans la poche d'une paire de pantalons de marque Primark achetée en Irlande. Le message écrit en mandarin disait ceci :

> « SOS ! SOS ! SOS ! Nous sommes des prisonniers de la prison de Xiang Nan, dans la province du Hubei, en Chine. Notre travail à l'intérieur de la prison consiste à produire des vêtements de mode destinés à l'exportation. Nous travaillons 15 heures par jour et la nourriture que nous mangeons ne serait même pas donnée aux chiens ou aux cochons. Nous travaillons aussi dur que des bœufs dans les champs. Nous appelons la communauté internationale à condamner le gouvernement chinois pour la violation de nos droits humains ! »

Shein est également accusée d'avoir exploité des employé·es dans des camps dits de rééducation situés dans la région du Xinjiang, en Chine, et qui ciblent la population musulmane des Ouïghour·es. Bien que l'entreprise se soit évertuée à nier les faits, elle a néanmoins payé des influenceur·euses états-unien·nes et leur a fait visiter une usine avec l'objectif de redonner du lustre à son image dans l'opinion publique. Cette tactique n'a pas calmé le jeu, car plusieurs de ces influenceur·euses ont été pointé·es du doigt par leurs abonné·es pour avoir manqué d'éthique en se laissant berner par les stratèges chinois en communication[77]. Mais ces expert·es sont prêt·es à faire avaler n'importe quoi, y compris des substances toxiques.

En effet, en novembre 2022, Greenpeace a rapporté que, parmi les 47 produits vendus par Shein et soumis à des tests, 15% d'entre eux dépassaient les normes états-uniennes de composants chimiques dangereuses. Cinq de ces produits contenaient de tels composants au-delà du seuil autorisé par les autorités[78]. Ces résultats montrent que ce sont autant les consommateur·rices que les employé·es qui ont fabriqué ces articles qui sont exposé·es à des risques importants pour la santé. Par exemple, on a trouvé du plomb sur des imperméables pour enfants – 20% au-delà de la limite permise. Dans le cadre d'une étude belge, on a aussi mis de côté des produits contenant des PERTURBATEURS ENDOCRINIENS. De tels produits peuvent irriter les yeux, provoquer des problèmes respiratoires et avoir des effets sur la fertilité et la santé générale[79]. Selon un porte-parole de la firme ayant mené l'étude, il est irresponsable de « proposer un tel article sur le marché européen ».

L'industrie de la mode jetable va trop vite et les organismes de contrôle peinent à encadrer tous les composants impliqués dans la fabrication des vêtements.

Une autre étude canadienne, celle-ci menée par CBC Marketplace, a aussi fait état de taux inquiétants de plomb : 20 fois le seuil permis par Santé Canada[80]. Rappelons que les normes chinoises sont beaucoup plus laxistes en matière de produits chimiques et de protection environnementale.

Les entreprises qui vivent de la mode jetable mettent de l'avant une culture de prédation qui pille, vole, copie, ment, menace, pollue, exploite...

La mode jetable est au cœur de ce qu'il est convenu d'appeler le capitalisme sauvage.

Les perturbateurs endocriniens sont des substances chimiques naturelles ou synthétiques qui peuvent interagir avec les hormones des organismes vivants. Ils peuvent imiter ou bloquer l'effet des hormones produites par des glandes comme l'hypophyse, la thyroïde, le pancréas, les ovaires et la prostate.

LE POLYESTER, UN DANGER POUR LE SYSTÈME ENDOCRINIEN[81]

Source d'allergies et d'irritations, le contact du polyester avec la peau cause des frottements et une transpiration excessive. S'il est fréquent de souffrir d'allergies au polyester, il existe une conséquence plus grave et... invisible: son effet sur la fertilité tant chez les femmes que chez les hommes.

mycoses

cystites

infertilité

chaleur

irritations

humidité

Chez les hommes, l'électricité statique provoquée par le frottement du polyester sur les parties génitales provoque des perturbations de la spermatogénèse. La charge électrostatique est telle qu'elle diminue drastiquement la production de sperme et favorise la dégénérescence des cellules. Un sous-vêtement en polyester, ou un pantalon de costume doublé en matière synthétique, présente un danger pour la fertilité.

Chez les femmes, le polyester favorise les cystites et autres infections urinaires. L'excès de chaleur et d'humidité, associé au fait que les fibres plastiques attirent et retiennent les bactéries tout en favorisant leur multiplication, provoque des cystites. Porter des sous-vêtements en matière synthétique est donc dangereux: même lorsque le fond d'une culotte ou le gousset sont en 100 % coton, si le reste est en satin de polyester, les microfibres se détacheront au lavage et se mélangeront à celles du coton, créant les mêmes effets qu'une culotte 100 % polyester. Ces petites fibres de plastique infectent les muqueuses et peuvent provoquer le syndrome du choc toxique au même titre que les tampons hygiéniques.

RÉPARTITION DU COÛT D'UN T-SHIRT FABRIQUÉ AU BANGLADESH[82]

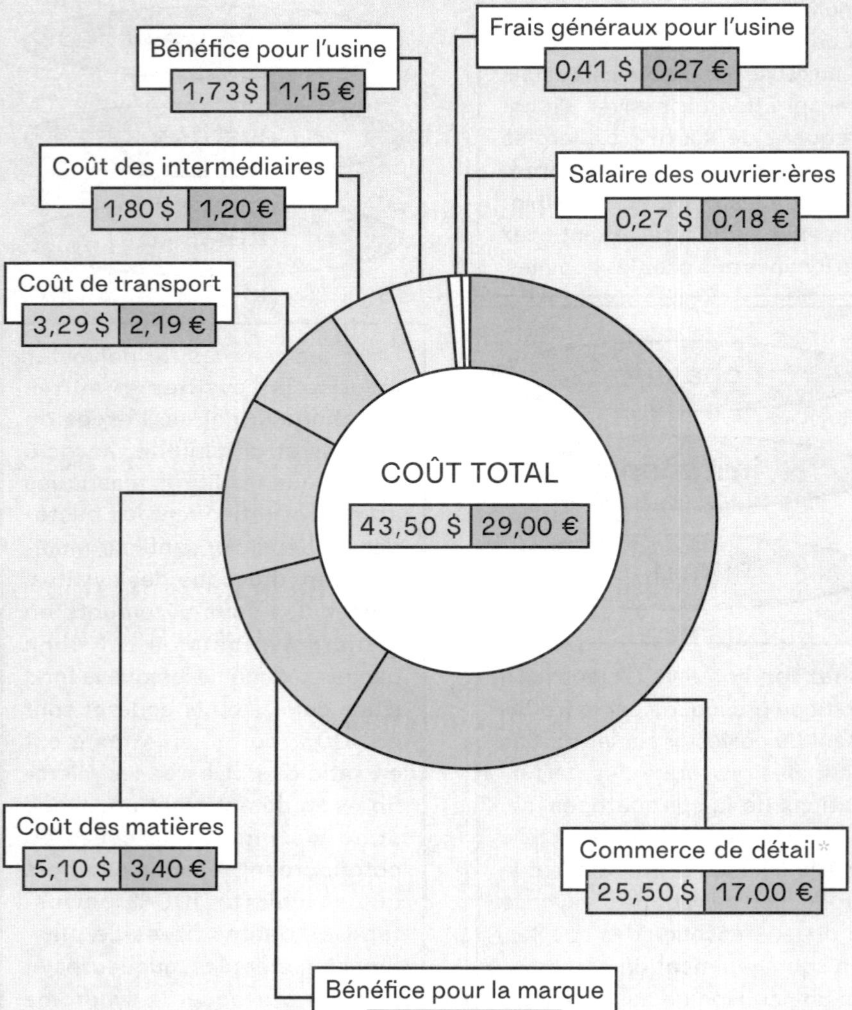

* Inclut tous les coûts intervenant au niveau de la vente de détail : personnel, loyer, bénéfice du magasin et les taxes de vente.

Lèche-vitrine

Comment expliquer que ces entreprises prédatrices aux méthodes écocidaires arrivent encore à générer de la confiance envers leurs marques et leurs produits? Les statistiques publiées un peu partout dans les démocraties occidentales démontrent une perte de confiance envers les institutions politiques et les figures politiques.

Comment expliquer que les consommateur·rices continuent de faire confiance à des entreprises qui gèrent la progression de leurs parts de marché sans égard aux conséquences sur la suite du monde?

Les entreprises de la mode jetable ont compris depuis longtemps qu'il ne faut pas laisser les consommateur·rices prendre conscience des déchets et des paysages souillés que génère l'industrie textile.

Le procédé des publicités de l'industrie de la mode est simple: masquer le réel avec de la musique pop tonitruante, des vedettes fardées dans des décors aux couleurs saturées.

Le réchauffement climatique touche également l'industrie textile. En effet, certain·es détaillant·es confient rencontrer des difficultés à choisir les articles à vendre parce que les saisons sont bouleversées. On entend que «ça devient plus difficile [...] d'acheter des trucs en étant sûr·es qu'on va les vendre»[83]. Ainsi, une boutique de sport a modifié sa façon de présenter les articles d'hiver en magasin en mettant «moins d'accent sur les raquettes à neige au profit d'articles destinés aux voyages dans le Sud, comme les valises et les maillots de bain[84] ». Au lieu de revoir les pratiques d'entreprise en fonction de l'impact écologique, on adapte les produits en fonction du marché! Les compagnies de transport de conteneurs diminuent-elles le nombre de voyages? Non, au contraire, elles misent sur le fait qu'un climat plus chaud, conséquence du réchauffement climatique, permettra de faire des voyages supplémentaires, ce que la présence de neige et de glace pouvait empêcher[85].

C'est ainsi qu'on construit des centres commerciaux monstrueusement géants, comme le Royalmount, ouvert en 2024 à Montréal, où les marques de prestige comme LVMH, Tag Hauer, Hugo Boss, Balenciaga et Gucci se battent pour présenter leurs produits de luxe. Le promoteur de ce nouveau centre commercial, évalué à 10 milliards de dollars, a eu le culot de faire la promotion de ce «haut lieu de la mode» en le présentant comme «100% carboneutre» alors que, bien sûr, il n'en est rien.

Le promoteur et les publicistes savent comment jouer avec les mots et transformer la réalité. On nous présente des produits dits écologiques, verts, biodégradables... Dans un contexte de pénurie de logements abordables à l'échelle du Québec, réserver uniquement au magasinage 824000 pieds carrés en pleine ville apparaît davantage excessif, arrogant et élitiste que neutre. Sur papier, les développeur·euses du centre commercial avaient promis «450000 arbres, arbustes, plantes et vivaces». En réalité, 475 arbres seront plantés[86].

Le marketing, c'est l'art de choisir des mots et des images, et c'est aussi l'art d'omettre ce qui ne concorde pas avec le plan de communication. Ainsi, quand on pratique L'ÉCOBLANCHIMENT, on mise sur ce qui est vert et ce qui sent le sapin synthétique pour masquer le stationnement souterrain de 1800 places.

Qui se cache derrière le financement de ce paradis de l'hyperluxe? Andrew Lutfy, propriétaire du groupe de mode jetable Dynamite (boutiques Garage et Dynamite), via sa firme Carbonleo. Dans un article de Richard Dufour, publié dans *La Presse*, le Groupe Dynamite se vante d'écouler «ses stocks en magasins tous les 45 jours». L'entreprise a fait son introduction en bourse en novembre 2024, avec le soutien de «tous les banquiers importants du Québec».

Le Royalmount est également financé par l'entreprise de fonds d'investissement franco-américaine L. Catterton Real Estate (LCRE) qui a fusionné en 2016 avec LVMH et Groupe Arnault, propriétés de nul autre que l'outrecuidant Bernard Arnault, qui, selon le journal *Le Point*, dans un article du 1er janvier 2025, figure depuis des années au palmarès des personnes les plus riches du monde avec une fortune évaluée à plus de 178 milliards de dollars.

Le groupe LVMH, né en 1987 de la fusion de Moët

L'écoblanchiment est une opération de relations publiques utilisée par une entreprise ou une organisation pour masquer des activités polluantes et tenter de présenter une image écoresponsable.

Hennessy et Louis Vuitton, est dirigé depuis 1989 par Bernard Arnault, qui en est aussi l'actionnaire majoritaire. Voici une partie des 75 entreprises détenues par le groupe, classées par secteur d'activités :

Haute couture et maroquinerie
- Louis Vuitton, Christian Dior, Marc Jacobs, Fendi, Céline, Givenchy, Hermès (participation) ;

Parfums et cosmétiques
- Givenchy, Sephora, Marc Jacobs Beauty, Cha Ling (en Chine) et produits véganes KVD Beauty, Make Up For Ever et Fenty Beauty ;

Bijoux et bling-bling
- Tiffany & Co, Bulgari, TAG Heuer, Hublot, Daniel Roth ;

Spiritueux
- Moët & Chandon, Krug, Veuve Clicquot, Dom Pérignon ;

Médias
- *Paris Match, Les Échos, Le Parisien.*

Pour celles et ceux qui s'inquièteraient de savoir si Bernard Arnault est anticommuniste, rassurez-vous, il est propriétaire de plusieurs magasins en Chine. Le luxe ne connaît ni frontières ni régimes politiques.

Plus d'un tour dans leurs sacs

Des gens se bousculent pour acheter les sacs Louis Vuitton. Et pour celles et ceux qui n'en ont pas les moyens, quelle est la dernière trouvaille des marques de luxe pour se distinguer de n'importe quelle entreprise vestimentaire? Faire courir les foules vers les friperies, où d'autres consommateur·rices peuvent mettre la main sur leurs produits luxueux à des prix moindres. C'est ainsi que le gaspillage vestimentaire devient officiellement le fait d'entreprises de prêt-à-porter, alors que la seconde main de luxe apparaît, comme par magie, écoresponsable.

D'ici 2028, le marché des articles de seconde main dans le domaine de l'habillement devrait atteindre 350 milliards de dollars[87]. Dans les contextes économiques difficiles, la vente de vêtements d'occasion connaît toujours une progression significative. La firme Global Data estime que le taux de croissance annuel de ce marché est de 12%. La plateforme ThredUp, qui se consacre à la revente d'articles de seconde main en ligne, évalue quant à elle que ce marché aura une croissance de 21% au cours des trois prochaines années (2025-2027)[88]. L'habitude de consommer demeure donc bien présente, même lors d'une période économique plus difficile pour les petits budgets. Et malgré tout, les magasins de vêtements d'occasion et les boutiques en ligne tirent leur épingle du jeu.

Le marché des vêtements d'occasion reproduit les mêmes schèmes de consommation compulsive que promeut l'industrie de la mode jetable : abondance, valorisation de l'image, culte aux marques, exploitation de travailleur·euses gagnant de très bas salaires. En prime ? La déculpabilisation face à la démesure du nombre d'achats.

Finalement, ces deux marchés deviennent interdépendants et servent les mêmes maîtres... Nous voilà donc doublement bernés ! C'est, en fait, un marché en spirale qui alimente la notoriété des marques et qui stimule en permanence la fascination des fashionistas pour le luxe et le bling-bling.

Les marchés sont incontestablement devenus des frères siamois.

Les statistiques sont éloquentes : les articles achetés de seconde main sont conservés moins longtemps et portés moins souvent. Selon une étude menée par la plateforme Vinted, les propriétaires d'articles de seconde main les conservent près de 50 % moins longtemps qu'un article acheté neuf.

De plus, la revente en ligne et en magasin vient compromettre le partage des vêtements d'occasion et affecte l'économie sociale. Certaines personnes parlent d'une érosion de la culture du don au profit de la mise en place d'un réseau parallèle de consommation.

Le va-et-vient nécessaire pour transporter les vêtements destinés au circuit de seconde main contribue aussi à l'impact environnemental de cette industrie.

Il n'est pas rare que des vêtements fabriqués à l'origine en Asie et vendus en Europe soient retournés en Inde pour être triés avant d'être redistribués en Europe...

De sueur et de sang

La mode m'a aussi, à mon tour, conquis (ou contaminé). Si je n'étais pas plus intéressé par les marques et le culte envers celles-ci, je me suis toutefois intéressé à certaines entreprises qui rejoignaient mon style de vie. Les entreprises ont eu tôt fait de me le présenter dans leurs publicités. Au début de la vingtaine, je ne magasinais pas beaucoup. J'achetais tous mes vêtements chez Gap. J'y trouvais tout ce dont j'avais besoin. J'aimais la simplicité et le style décontracté des coupes de vêtements. Et je n'étais en rien original, puisque je m'habillais comme des milliers d'Occidentaux de ma génération. Moi qui croyais que mon refus d'endosser des marques qui affichaient ostentatoirement leurs logos préservait mon sens éthique... J'allais être confronté à une autre dimension de l'industrie textile.

J'ai découvert que les étiquettes de mes vêtements révélaient beaucoup plus que le nom du pays où ils avaient été produits. Les grandes marques dont je portais les vêtements, en faisant fabriquer leurs produits dans des pays étrangers, profitaient de conditions de travail rétrogrades qui n'auraient jamais été tolérées au Canada, en France ou aux États-Unis.

Les premiers reportages sur les manufactures de misère (*sweatshops*) de l'ère moderne mettent au jour cette réalité. En 1991, le syndicaliste et écrivain états-unien Jeffrey Ballinger dénonce ces pratiques en publiant un rapport essentiel[89].

Le monde constate abruptement dans quelles conditions travaillent les employé·es des entreprises qui produisent tous nos vêtements.

Plusieurs marques sont accusées de maltraitance et d'avoir sciemment fermé les yeux sur des conditions dignes de l'esclavage. Les reportages ont un écho considérable parmi la population. Si la plupart des gens ignoraient les conditions de travail dans lesquelles évoluent les travailleur·euses à l'étranger, la récurrence des reportages permet enfin d'ouvrir les yeux sur cette terrible réalité. Nike, Walmart, Tommy Hilfiger et Gap, pour ne nommer que celles-là, sont tour à tour épinglées pour mauvais traitements et pratiques douteuses, voire condamnables.

Pour ne pas se formaliser des méthodes de production esclavagistes, certaines personnes pratiquent l'aveuglement volontaire. D'autres choisissent de faire face à l'impact de leurs choix. J'étais de ceux-là... Comment porter un vêtement produit grâce à l'exploitation d'êtres humains? Des gens s'y résignaient, moi, je ne pouvais pas.

Les grandes marques au banc des accusé·es

Rares sont les entreprises qui n'ont pas fait l'objet de critiques quant à l'exploitation de leurs plans d'usines de production de vêtements. Des plus célèbres comme Nike aux plus obscures, en passant par celles qui se présentaient au-dessus de tous les soupçons, toutes – ou presque – ont été pointées du doigt pour avoir mis en place des conditions de travail dignes des romans de Zola. Dans le seul but d'être plus profitables.

Les grandes entreprises d'aujourd'hui essuient leur lot de critiques sur les plans humain, environnemental et éthique. Le rythme effréné de leur production offre peu de temps pour vérifier si les installations sont conformes et si les compagnies sous-traitantes sont dignes de confiance.

Il est par ailleurs bien connu que les contremaîtres ajustent les pratiques sur les plans d'usines en fonction des visites anticipées des inspecteur·rices. Il est donc difficile d'avoir un portrait réel de la situation, car vérifier ce qui se passe dans chacune des manufactures devient impossible. Si la confiance envers les engagements éthiques d'une marque demeure notre seule option, l'histoire a démontré que les normes éthiques des grandes compagnies ne sont qu'une mascarade pour endormir la population.

La seule lecture d'une étiquette ne permet pas de connaître les conditions de production de l'article qu'on tient en main. Aujourd'hui, plusieurs organisations militent pour que l'étiquetage reflète l'ensemble des étapes de production des vêtements. Si les politicien·nes avaient le même courage lors des prises de décisions qu'en prononçant leurs discours, les règles quant à l'étiquetage pourraient nous informer de façon transparente.

Il est impossible d'imaginer que l'industrie s'autoréglementera si, comme consommateur·rices, nous ne saisissons pas le pouvoir dont nous disposons afin que nos achats reflètent nos convictions. On ne peut pas s'émouvoir de la détresse et de l'exploitation des employé·es de l'industrie textile, souhaiter poser des actions concrètes pour la préservation de la planète et se soumettre, du même souffle, aux tendances de la mode.

L'industrie textile avance les yeux fermés, les actionnaires n'en demandent pas moins. Si l'exploitation et les supplices des travailleur·euses et les conséquences environnementales ne parviennent pas à modifier les comportements, qu'est-ce qui pourra marquer un changement véritable dans les habitudes d'achat et provoquer la fin de la mode jetable?

LA CONDUITE « ÉTHIQUE » DES GRANDES MARQUES

— En France, Adidas et New Balance sont poursuivies par Zero Waste parce qu'elles utilisent des « arguments écologiques à des fins trompeuses et abusives[90] ».
— L'entreprise Lululemon se présente comme une entreprise durable malgré une forte augmentation de ses émissions de GES et des « activités hautement polluantes[91] ».
— La marque Dior, détenue par LVMH, a failli à ses obligations morales de surveiller les conditions de travail de deux sous-traitants chinois qui exploitaient leurs travailleur·euses dans des usines en périphérie de Milan, en Italie[92].
— En Italie, l'entreprise Giorgio Armani est poursuivie pour avoir manqué à ses obligations de surveiller ses fournisseur·euses en ce qui a trait aux conditions de travail des employé·es[93].
— En France, l'organisme People for the Ethical Treatment of Animals (PETA) a révélé la maltraitance de chèvres dans la fabrication de cachemire par les entreprises Louis Vuitton, Chanel, Hermès, Dior, Prada, Bottega Veneta.
— Vendu 1 million de dollars états-uniens, le sac *Millionaire Speedy* de Louis Vuitton est fabriqué avec de la peau de crocodiles détenus en captivité dans des fermes gérées par

l'entreprise[94]. Selon PETA, pour fabriquer ces sacs luxueux vendus par LVMH ou Hermès, des reptiles vivants sont gonflés avec de l'eau ou de l'air et décapités avant d'être transformés en sacs à main[95].

— Des compagnies comme Asos, Boohoo et Selfridges ont utilisé des plumes véritables, mais elles les ont étiquetées comme synthétiques[96].
— En 2018, en brûlant 12 tonnes d'invendus, H&M produit de l'électricité qui alimente sa chaîne de production de vêtements neufs[97]. Les mérites de la *Conscious Collection* de l'entreprise apparaissent encore bien opaques et s'apparentent à de l'écoblanchiment si on se fie à l'évaluation dressée par plusieurs organisations environnementales. Selon le site de H&M, 8 % des vêtements récupérés en magasin durant l'année 2023 ont été brûlés.
— La compagnie Sephora, propriété de LVMH, cible des enfants de 10 ans dans son offre de produits. En 2022, elle a été condamnée à payer une amende de 1,2 million de dollars états-uniens pour avoir vendu des données personnelles de ses client·es[98].
— Parmi les filiales de LVMH, 27 % sont installées dans des paradis fiscaux, ce qui leur permet d'échapper à leurs obligations en matière d'impôts dans les pays où se trouvent leurs bureaux, leurs usines, etc.

5

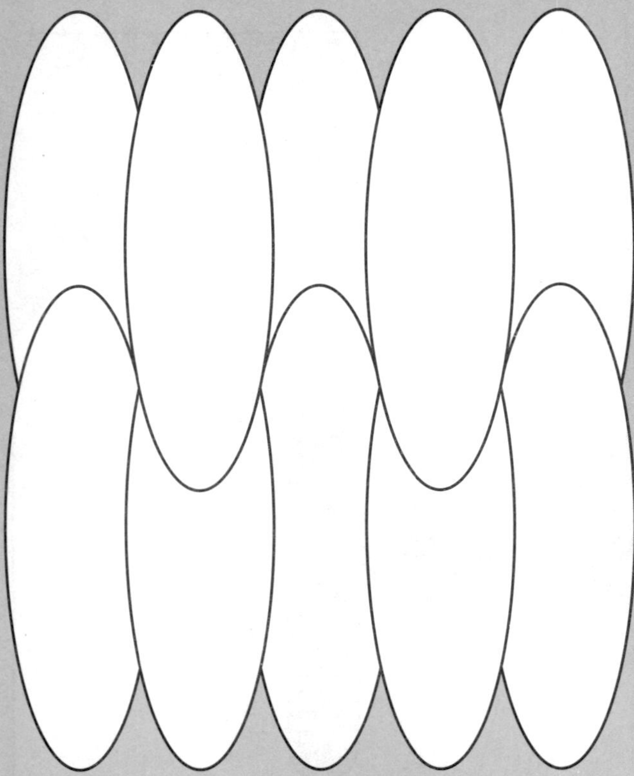

CHANGER DE MODE

La mode, l'enfant préféré du capitalisme.

— Werner Sombart,
économiste et
sociologue allemand

J'ai probablement vécu mon dernier choc avec l'industrie du vêtement peu après la naissance de mon fils. Il faut voir la quantité de vêtements offerts, échangés et utilisés dès les premiers jours de la vie d'un enfant pour prendre la mesure de tout ce qu'un individu portera au cours de son existence.

En hommage à mon grand-père qui aimait nous répéter ce dicton autochtone: «Avant de juger son frère, il faut avoir marché plusieurs lunes dans ses mocassins», j'ai eu comme projet de prendre une photo de chacune des paires de chaussures de mon fils au terme de leur vie utile jusqu'à ses 20 ans... Ce projet, qui devait être un exercice artistique, s'est rapidement transformé en prise de conscience brutale.

Ma stupéfaction face à l'industrie de la mode pour enfants ne faisait que commencer... Les achats de vêtements pour mon fils allaient me confronter à l'étroitesse d'esprit des concepteur·rices du design spécifique aux enfants. Il est vrai qu'un combat pour la fabrication de vêtements non genrés a occupé les tribunes pendant un certain temps dans l'actualité autour de 2020.

Cependant, en ce qui me concerne, c'est au début des années 2000 que la réalité m'a frappé de plein fouet.

Je pensais, naïvement, que l'achat de vêtements pour mon fils serait un pur moment de plaisir. J'ai rapidement déchanté en découvrant les clichés dont l'industrie affuble nos enfants. À l'époque, j'ai dû être inventif pour trouver des solutions de rechange aux chandails marqués de slogans peu inspirés (*Trouble maker, Big trouble*) et d'illustrations pour le moins désolantes : des requins aux dents acérées, des chats avec des bandanas qui rappelaient un gang de rue junior, des voitures montées avec gaz d'échappement, des têtes de mort, des bouledogues armés de fusils, sans compter tous les chandails à l'effigie d'équipes sportives. Bref, rien qui correspondait à mes valeurs et rien pour enchanter mon fils qui, en grandissant, devenait un amateur de science et de cinéma. Pour des motifs budgétaires, mais encore plus pour suivre nos principes moraux, sa mère et moi avions convenu d'ignorer les vêtements griffés et de ne pas encourager les marques connues, pour lesquelles nous avions plus d'aversion que d'indifférence. Le magasinage s'est donc avéré plus complexe que prévu. Le plus souvent, mon fils a porté des vêtements donnés ou achetés de couleurs unies ou tout simplement à rayures, mais surtout sans inscription ni logo débilitant.

Mon fils s'est toutefois présenté à l'école le 5 novembre 2008 vêtu d'un chandail à l'effigie de Barack Obama fait par sa mère pour célébrer son élection, et une autre fois avec une inscription *No Logo* inspirée du livre de Naomi Klein et de la JOURNÉE SANS MARQUES, activité durant laquelle j'invitais mes élèves à n'arborer aucun logo le temps d'une seule journée. L'événement s'est conclu par un défilé de mode mémorable où les jeunes ont déambulé avec les vêtements les plus loufoques qu'ils et qu'elles avaient pu trouver dans leurs garde-robes et ceux de leurs parents...

Lors de la Journée sans marques, l'ensemble des élèves sont invité·es à ne porter aucun vêtement griffé à l'école.

Et maintenant?

Si, autrefois, les vêtements confectionnés à la main ou achetés pour l'aîné·e de la famille pouvaient se transmettre d'un enfant à l'autre, aujourd'hui, les capacités de production et l'industrie du marketing ont complètement redessiné les désirs vestimentaires.

Il n'y a pas de distinction à faire entre les vêtements vendus en magasin et ceux vendus en ligne, car ils proviennent des mêmes fournisseur·euses. Ces collections de mode qui ne se déclinent plus en fonction des saisons sont le produit d'un système entré en compétition continue et totale: Gap produit 12000 nouveaux articles par année, H&M 25000, Zara 36000 et Shein, environ 1,3 million[99]. Comment ralentir cette machine-à-produire-plus-que-le-nécessaire?

JOURNÉE
NO
LOGO

LA JOURNÉE SANS ACHAT

Instiguée par le Canadien Ted Dave en 1992 avec le slogan *enough is enough!*, elle a lieu, en Amérique du Nord, le dernier vendredi de novembre, soit le jour même du Vendredi fou ou du dernier samedi de novembre en Europe. Le groupe anticapitaliste Adbusters en a fait la promotion à l'échelle mondiale.

Shein a repoussé son projet de faire son introduction en bourse en 2024. Les actionnaires voudront un rendement sur leur investissement et feront pression pour que cette entreprise, dont l'éthique est déjà plus que douteuse, obtienne de meilleures performances. Sur qui cette pression sera-t-elle exercée?

Les conditions de travail dans le domaine textile ont à peine changé. Les grandes entreprises continuent d'embaucher des compagnies sous-traitantes en créant une pression sur celles-ci pour obtenir des articles à moindre coût et toujours plus rapidement. Cette contrainte est refilée aux travailleur·euses des usines, pour qui ces emplois de misère subviennent à peine aux besoins de leur famille. La situation est identique, à peu de choses près, à celle qui prévalait au Québec il y a une centaine d'années.

Les entreprises se préoccupent avant tout de leur image. Tous les rouages du commerce textile sont gangrenés par la volonté de toujours augmenter les ventes et les profits. Les structures actuelles de cette industrie ne se distinguent pas de celles qui avaient cours dans les siècles passés, comme nous l'avons vu précédemment. L'exploitation et la mort tragique des travailleur·euses du Rana Plaza n'ont secoué ni l'industrie ni les consommateur·rices autant que certain·es se plaisent à le croire.

Il faut regarder les choses froidement : le capitalisme a peu de chances de devenir véritablement « vert », en raison de sa compulsion à toujours réinvestir pour élargir la production. Mais plus encore, il y a de fortes chances qu'il ne soit même pas capable de s'émanciper lui-même des carburants fossiles. C'est pourquoi il nous faudra le forcer à le faire, à sa place.

— Frédéric Legault,
Arnaud Theurillat-Cloutier,
Alain Savard[100]

Déchirer sa chemise

Il existe des pistes de solutions et celles-ci sont nombreuses. Les réseaux sociaux ont cette qualité de mettre à profit l'ingéniosité et la créativité des humain·es. Il existe ainsi des milliers de comptes sur les différentes plateformes qui exposent des idées pour régénérer, recycler, transformer des vêtements et réduire notre consommation. Il y a déjà plus de vêtements que nous ne pouvons en consommer. Comme l'écrit Marlène Hutchinson dans *Objectif zéro déchet*[101], pour éviter la production de déchets, il faut refuser ce dont nous n'avons pas besoin, réduire ce dont nous avons besoin, réutiliser ce que nous consommons, recycler ce qui ne peut être ni refusé ni réduit ni réutilisé, et tenter de composter le reste[102].

Nous sommes tous et toutes saturé·es d'informations sur une multitude de sujets, préoccupé·es par la suite du monde et avides de solutions concrètes. Dans le cas de la mode jetable, il existe une solution simple : consommer moins et rendre les entreprises imputables de leurs dégâts. Démodons-nous.

COMMENT RENVERSER LA SITUATION ?

Acheter local

Organiser des soirées d'échange de vêtements et, pourquoi pas, des défilés de mode avec ce que les invité·es ne portent plus ou peu.

Proscrire les séances de magasinage pour calmer l'ennui

Revoir nos habitudes de lavage, qui usent prématurément et irrémédiablement nos vêtements en plus d'avoir des conséquences sur l'environnement en libérant des microplastiques qui se fraient une voie dans la nature, dans les organismes vivants, jusque dans les cerveaux et les organes reproducteurs humains.

Refuser de valider, par nos achats, des méthodes d'exploitation des travailleur·euses des autres pays que nous avons abolies ici.

Assumer le rapiéçage

Reporter au lendemain toute décision d'achat

Désactiver les notifications des applications d'achat sur nos appareils.

Se méfier des compagnies qui se prétendent vertes, équitables ou même locales. Faire les vérifications qui s'imposent.

Exiger que les uniformes scolaires soient produits dans des usines écoresponsables gérées par des entreprises dont les pratiques de gestion sont équitables envers toutes les personnes à leur emploi.

Reconnaître que les journées *Black Friday*, Vendredi fou et Cyberlundi résument, à elles seules, la folie consumériste actuelle.

Redécouvrir sa garde-robe

Que les entreprises de tous les produits de consommation soient responsables de récupérer leurs produits au terme de leur vie utile afin de réparer, récupérer ou recycler les composantes.

Militer pour que les campagnes électorales se jouent sur des engagements fermes face aux enjeux environnementaux et l'imputabilité des entreprises pour leur impact sur les ressources, les communautés et l'environnement.

Boycotter les produits et les entreprises qui ne correspondent pas aux standards moraux quant au traitement des employé·es, à l'impact environnemental, à l'exploitation des animaux, aux pratiques de vente, à la gestion des déchets, aux pratiques commerciales discriminatoires ainsi qu'au recours aux pesticides et aux herbicides.

Rendre illégaux les mécanismes facilitant l'usage de paradis fiscaux.

Acheter selon les valeurs que nous disons défendre

Se demander combien de fleurs et d'arbres nous pouvons nommer comparativement aux logos de marques pour mesurer l'étendue de la colonisation de nos cerveaux[103].

CE QUI A ÉTÉ FAIT PAR LES GOUVERNEMENTS

La France a soumis une proposition de loi en mars 2024 visant à réduire l'impact environnemental de l'industrie textile. Plusieurs mesures sont envisagées[104] :

- Mise en place d'un système de punitions ou de récompenses pour les entreprises du secteur de la mode en fonction de leur conduite ;
- Interdiction de publicité pour les produits de mode jetable afin d'empêcher la promotion de la surconsommation par des techniques de marketing agressives ;
- Instauration d'un message, sur la page d'accueil d'un site ou d'une application de vente en ligne, pour sensibiliser le public aux conséquences environnementales de la mode.

Les États membres de l'Union européenne (UE) ont adopté en décembre 2023 une interdiction de détruire des chaussures et des vêtements invendus. Ce règlement sur l'écoconception dans la foulée du Pacte vert pour l'Europe vise à mettre de l'avant des règles quant à la gestion des invendus. À ce titre, tout nouveau vêtement devra être muni d'un « passeport numérique » qui prendra la forme d'un code QR sur l'étiquette et qui donnera aux consommateur·rices les informations essentielles à propos de sa fabrication et de son impact environnemental[105]. Le règlement redéfinit également les pratiques de recyclage d'articles neufs qui représentent une source importante de pollution.

Au Canada, en 2024, 22 détaillants ont interpellé le gouvernement pour que soient prises des dispositions légales afin d'encadrer la mode jetable et la compétition déloyale faite par les compagnies chinoises Shein et Temu. Ces entreprises canadiennes demandent que le Canada emboîte le pas à l'Europe et qu'il impose les mesures suivantes :

- Application d'un bonus/malus qui obligerait les consommateur·rices à payer un supplément pour tout produit acheté sur une plateforme chinoise ;
- Instauration d'une loi pour encourager l'écoconception et la durabilité ;
- Déclenchement d'une enquête pour vérifier la conformité des plateformes d'achat en ligne en matière de sécurité ;
- Mise en place de mesures d'imputabilité juridique pour Temu et Shein envers les consommateur·rices qui achètent leurs produits[106].

CONCLUSION

Buy less, choose well, make it last.

— Vivienne Westwood,
styliste, surnommée
« l'enfant terrible
de la mode »

En 2006, mes élèves ont déposé à la Chambre des communes, à Ottawa, une pétition contre le travail des enfants. En 2023, le Canada a adopté la *Loi sur la lutte contre le travail forcé et le travail des enfants dans les chaînes d'approvisionnement.* Au moment du dépôt de leur pétition, mes élèves avaient 14 ans. Tous et toutes y ont cru, ils et elles ont participé au changement, leurs enfants portent peut-être des vêtements équitables.

Iqbal Masih, vendu 16 dollars par ses parents à une entreprise de confection de tapis pakistanaise à l'âge de 4 ans, est une figure marquante de la lutte contre l'exploitation des enfants esclaves dans les manufactures de misère. Iqbal a travaillé plus de six ans à fabriquer des tapis. Ses journées de travail débutaient à 4 heures du matin et pouvaient durer 12 heures. Il a échappé à ses bourreaux à l'âge de 10 ans. Sa contribution en tant qu'activiste a permis d'alerter la communauté internationale sur ces enjeux. Assassiné en 1995 à l'âge de 12 ans alors qu'il faisait une balade à bicyclette avec ses amis, par un tueur lié à la mafia des tapis, Iqbal ne réalisera pas son souhait de devenir avocat[107].

Comment expliquer qu'on s'émeuve autant de l'esclavage qui avait cours autrefois alors qu'on assiste, souvent sans rien dire, à des situations similaires d'esclavage et d'exploitation de personnes qui assurent la conception des vêtements que nous portons?

«Magasinez comme un milliardaire!» dicte le slogan de Temu. Les contours de la mode jetable ont été repoussés depuis que le *New York Times* a mentionné pour la première fois, le 31 décembre 1989: «*At Zara, too, the emphasis is on fast fashion, merchandised in coordinated style*[108].»

Aujourd'hui, on parle d'*hyper fast fashion,* d'*ultra fast fashion,* de «*fast fashion* sur les stéroïdes» ou encore de mode extrêmement jetable. Il n'y a aucun doute, si on manque de mots pour décrire les dérives et l'accélération de cette industrie, c'est qu'il y a des motifs pour s'inquiéter.

Si l'idée de départ de la mode disons «plus rapide» était que moins de 15 jours soient nécessaires entre l'idéation d'un article et sa mise en vente dans une boutique, la pratique est devenue celle de la mode jetable, et elle s'est répandue dans bien d'autres secteurs d'activité. Aussitôt acheté, aussitôt remplacé. Et c'est vrai tant pour les chaussures que pour les meubles, les voitures, les appareils électroniques et, ce n'est pas peu dire, les animaux de compagnie...

«La mode n'est pas quelque chose qui existe uniquement dans les vêtements. La mode est dans l'air, portée par le vent. On la devine. La mode est dans le ciel, dans la rue.»

Coco Chanel ne pouvait mieux résumer la crise à laquelle l'humanité est confrontée... C'est vrai que la mode n'est plus seulement dans les vêtements, elle est dans les particules de plastique et dans les solvants rejetés dans les océans, elle est enfouie tous les jours dans le sol par des dizaines de camions. Elle est aussi dans les mains, les poumons et les dos de travailleur·euses sous-payé·es. Elle est dans des champs de coton saturés de pesticides, dans des cargos qui laissent échapper des conteneurs dans les océans, dans les lois de certains pays qui ne veillent pas adéquatement à protéger les travailleur·euses, dans les bourses du monde entier où les décisions des courtier·ères déterminent la direction des marchés, des entreprises et des travailleur·euses, dans les comptes de banque cachés dans les paradis fiscaux.

Une personne seule ne peut pas changer la situation, mais nous avons la possibilité de choisir consciencieusement, chacun·e, ce que nous voulons porter. C'est l'éthique de l'étiquette, ou l'«éthiquette».

Nous sommes tous et toutes saturé·es d'informations sur une multitude de sujets, préoccupé·es par la suite du monde et avides de solutions concrètes. Dans le cas de la mode jetable, il existe une solution simple: consommer moins et rendre les entreprises imputables de leurs dégâts.

Démodons-nous.

Sans quoi nous serons tous et toutes bel et bien des victimes de la mode.

NOTES

1 Ruma Paul et Serajul Quadir, « Anger builds as Bangladesh gives up hope for more survivors », *Reuters*, 30 avril 2013.

2 AFP, « Incendie d'une usine textile au Bangladesh : les propriétaires inculpés », *La Presse*, 22 décembre 2013.

3 Karine Mateu, « Dix ans après le Rana Plaza, nos vêtements sont-ils toujours tachés de sang ? », *Radio-Canada*, 23 avril 2023.

4 Mark Magnier, « In Bangladesh, search for bodies from factory collapse ends », *Los Angeles Times*, 13 mai 2013.

5 Marc Ottini (CLP), « Le nouveau plus grand porte-conteneurs du Monde dans le Détroit », *La Voix du Nord*, 4 janvier 2024.

6 Équiterre, « Comment diminuer la surconsommation et le gaspillage de vêtements », *Équiterre,* 21 septembre 2022.

7 Jean Cardinaels et Simon Souris, « Fast Fashion sous stéroïdes : comment le chinois Shein a dépassé H&M et Primark », *L'Écho*, 15 février 2024.

8 Jean-Philippe Cipriani, « Qu'est-ce qui cloche dans les vêtements ? », *L'actualité*, 6 mars 2023.

9 Marine Corniou, « À la découverte des plus vieux vêtements du monde », *Québec Science*, 25 août 2022.

10 *Ibid.*

11 Nicola Davis, « Scientists find evidence of humans making clothes 120 000 years ago », *The Guardian*, 16 septembre 2021.

12 Stéphane Bergeron, « Les premiers esclaves africains arrivaient en Virginie il y a exactement 400 ans », *Le Devoir*, 20 août 2019.

13 *Ibid.*

14 Article 40 du *Code Noir* (version de 1724, promulguée par Louis XV).

15 André Binette (avocat constitutionnaliste), « La Monarchie britannique et l'esclavage », *L'Aut'Journal*, 8 avril 2022.

16 Karl Marx et Frederick Engels, *Collected Works*, vol. 38, Letters 1844-51, Lawrence & Wishart, Electric Book, 2010, p. 101-102. Traduction libre de l'anglais : « *Without slavery there would be no cotton, without cotton there would be no modern industry. It is slavery which has given value to the colonies, it is the colonies which have created world trade, and world trade is the necessary condition for large-scale machine industry* [...] *All that modern nations have achieved is to disguise slavery at home and import it openly into the New World.* »

17 Eric Herschthal, « L'histoire du coton, ou le rôle central de l'esclavage dans la montée du capitalisme », *Slate*, 4 janvier 2015.

18 *Ibid.*

19 Steve Proulx, *Boycott*, Montréal, Les Intouchables, 2003, p. 113.

20 FR3, « La byssinose : maladie professionnelle du textile », Reportage produit par FR3, 8 octobre 1985.

21 Dans son documentaire « On est au coton » (1970), le cinéaste québécois Denys Arcand présente les méthodes utilisées par les entreprises du coton pour justifier l'exode des emplois de cette industrie. On y voit plusieurs employés, malades d'avoir respiré du coton, se buter à des propriétaires qui n'ont de considérations que pour le rendement comptable des manufactures. Disponible sur le site de l'ONF.

22 ILO, « La confection et les produits finis textiles », *Encyclopaedia of Occupational Health and Safety*, International Labour Organization [En ligne].

23 Dana Thomas, *Fashionopolis*, New York, Penguin Random House, 2022, p. 18.

24 Accords de libre marché : Accord de libre-échange nord-américain (ALENA) ; Accord Canada-États-Unis-Mexique (ACEUM) ; *Comprehensive Economic and Trade Agreement* (CETA) entre le Canada et l'Union européenne ; Accord de libre-échange entre le Mercosur-UE, projet d'entente entre les

pays latino-américains du Mercosur (Brésil, Argentine, Paraguay, Uruguay) et l'Union européenne.

25 Anne-Sophie Novel, « Catherine Dauriac : Nous avons produit assez de vêtements pour habiller la planète jusqu'en 2100 », *Vert*, 20 avril 2022, [En ligne]. Le site vert.eco donne également accès à de nombreuses informations.

26 Dana Thomas, *op. cit.* p. 20.

27 Forbes, « Qui sont les dix personnalités les plus riches au monde ? », *Forbes*, 1er octobre 2024.

28 Statista, « Nombre de points de vente du groupe Inditex en janvier 2023 par marque et par type de boutique », *Statista Research Department*, 15 juillet 2024.

29 Gaëlle Lecoq-Le Borgne, « Le gaspillage vestimentaire », *Éco Canada*, 24 février 2022.

30 Béatrice Dugué, « Le saviez-vous ? Les Européens jettent 4 millions de tonnes de vêtements par an ! », *France Inter*, 1er février 2018.

31 Martina Igini, « 10 Concerning Fast Fashion Waste Statistics », *Earth.org*, 21 août 2023.

32 *Ibid.*

33 Diane Tremblay, « Surconsommation : des vêtements neufs vendus dans les friperies », *Journal de Québec*, 13 avril 2024.

34 David Boéri et Franck Parisis, « Consommation : quelle quantité de vêtements les Français jettent-ils chaque année à la poubelle ? », *France Info*, 16 mars 2024.

35 Jean-Philippe Pleau, *Rue Duplessis*, Lux, 2024, p. 106.

36 Laure Cometti, « Figures du féminisme : Le combat d'Astié pour autoriser les femmes à porter le pantalon au XIXe siècle », *20 minutes*, 19 juillet 2018.

37 Nicolas Bérubé, « Des élèves se rebellent contre le port obligatoire du soutien-gorge », *La Presse*, 28 mai 2016.

38 Maude Goyer, « Des garçons en jupe pour appuyer les filles », *La Presse*, 8 octobre 2020.

39 Marvin L. Bouska et Patricia A. Beatty, « Clothing as a symbol of status: Its effect on control of interaction territory », *Bulletin of the Psychonomic Society*, 14 novembre 2013.

40 Nicolas Bérubé, « Porter des vêtements identiques chaque jour », *La Presse*, 29 avril 2016.

41 Catherine Collin *et al.*, *Tous psychologues. Les grandes idées tout simplement*, Saint-Laurent, ERPI, 2012, p. 232.

42 Statista, « Nombre de salariés du groupe Nike au niveau mondial de 2009 à 2023 », *Statista Research Department*, 22 avril 2024.

43 Dominic Rushe, « Nike could be fined over $530M for misclassifying thousands of workers », *The Guardian*, 18 mai 2023.

44 Reuters Fact Check, « Nike paid $35 for its logo but later gave the designer shares and ring », *Reuters*, 30 juin 2023.

45 Josh Berhow, « Here's how much money Nike contributed to Tiger Woods' massive fortune », *Golf*, 8 janvier 2024.

46 Léa Zacsongo-Joseph, « Le jeu à succès *Dress to impress* s'invite dans le monde réel », *20 minutes*, 19 septembre 2024.

47 Sophie Benson, « Every Second, a Truckload of Clothes Is Destroyed: How Did We Get There? », *Good on you*, 31 août 2023.

48 TV5 Monde Info, « Chili: le désert d'Atacama victime de la mode jetable », *TV5*, 2021. Disponible sur YouTube.

49 Peter Nilson, « The Top 10 largest container ships in the world », *Ship Tecchnology*, 4 avril 2024.

50 Émission Phare Ouest, « L'impact environnemental des chutes de conteneurs dans nos océans », *Radio-Canada*, 27 octobre 2021.

51 Mohamed Abouelenen et l'AFP, « L'*Ever Given* quitte le canal de Suez après 100 jours d'immobilisation », *Le Devoir*, 6 juillet 2021.

52 Aman Chopra, « Statistiques mondiales sur le transport maritime par conteneurs en 10 ans », *Groupe maritime Stallion*, 18 avril 2024.

53 *Ibid.*

54 *Ibid.*

55 Vogue, « Gen Z Broke the Market Funnel », *Vogue Business*, 7 mars 2024.

56 *Ibid.*

57 Sarah Rahmouni, « Meta lance une boutique de vêtements numériques dans le métavers », *Le Devoir*, 20 juin 2022.

58 L'équipe Fortnite, « La haute couture arrive dans *Fortnite* avec Balenciaga », *Fortnite*, 20 septembre 2021 [En ligne].

59 Alexandre Haslin, « Jeu vidéo : du divertissement à la dépendance », *Aide jeu*, 16 février 2022 [En ligne].

60 Nick Devor, « Counter-Strikes Skins Hook Teens on Gambling », *Barrons*, 9 décembre 2024.

61 AFP, « Roblox accusé de gonfler ses chiffres et mal protéger ses joueurs », *La Presse*, 9 octobre 2024.

62 Craig Lord et Anne Gaviola, « Shop on Temu app? Why class-action lawsuits have been proposed over privacy », *Global News*, 1er juin 2024.

63 Julien McEvoy, « Temu espionne la planète au complet. La version chinoise d'Amazon poursuivie au Québec », *Journal de Montréal*, 26 mars 2024.

64 Nectar Gan, Yong Xiong, Juliana Liu, « "I've never seen anything like this" : One of China's most popular apps has the ability to spy on its users, say experts », *CNN*, 3 avril 2023.

65 Sonia Romero Ruiz, Bloomberg, « H&M poursuit son rival chinois Shein pour "vol de créations" », *L'Écho*, 25 juillet 2023.

66 Margaux Vulliet, « Des créateurs poursuivent Shein en justice pour violation du droit d'auteur », *BFMTV*, 17 juillet 2024.

67 Malu Hernandez, « 6 Reasons You Should Never Shop At Shein », *Ethically Dressed*, 1er août 2022.

68 Margaux Vulliet, « Des créateurs poursuivent Shein en justice pour violation du droit d'auteur », *BFMTV*, 17 juillet 2024.

69 Jordyn Holman, « Shein Accused of "Mafia-Style" Tactics by Rival Temu », *The New York Times*, 14 décembre 2023.

70 Rose Mary Roche, « High style and low morals : The links between fashion and crime », *The Irish Times*, 26 septembre 2020.

71 Rapport du Centre pour la justice sociale, « Parallel societies : slavery, exploitation and criminal subculture in Leicester », *The Centre for Social Justice*, août 2020.

72 Astha Rajvanshi, « Shein is the World's Most Popular Fashion Brand – at a Huge Cost to Us All », *Time*, 17 janvier 2023.

73 Dominique Lévesque, « Après Montréal et Toronto, le géant chinois de la mode jetable Shein arrive à Vancouver », *Radio-Canada*, 6 avril 2024.

74 *Ibid.*

75 Oona Barrett, « 5 raisons de boycotter la marque de vêtements Shein », *Pivot*, 29 mai 2023.

76 Marc Thibodeau, « La carte d'identité d'un prisonnier retrouvée à l'étranger », *La Presse*, 2 décembre 2023.

77 Ramishah Maruf, « Shein sent American influencers to China. Social media users are furious », *CNN*, 29 juin 2023.

78 Greenpeace International, « Taking the shine off Shein : Hazardous chemicals in Shein products break EU regulations, new report finds », *Greenpeace*, 23 novembre 2022 [En ligne].

79 RTL Info, « Des substances chimiques nocives dans les vêtements Shein : "5 fois trop de plomb et des centaines de fois trop de phtalates" », *RTL*, 22 mai 2024.

80 Dominique Lévesque, *op. cit.*

81 Célestine Brunon, « Les dangers du polyester et des vêtements synthétiques », *Maison Brunon*, 5 juillet 2020, [En ligne].

82 Tristan Gaudiaut, « La répartition du coût d'un T-shirt fabriqué dans les pays émergents », *Statistica*, 25 novembre 2022, [En ligne].

83 Nathaëlle Morissette, « Quand l'hiver ressemble au printemps », *La Presse*, 30 mars 2024.

84 *Ibid.*

85 Éric-Pierre Champagne, « Le réchauffement climatique pourrait favoriser les navires dans l'Arctique », *La Presse*, 9 juillet 2021.

86 Chloé Bourquin, « Carboneutre, le Royalmount ? », *La Presse*, 7 octobre 2024.

87 Sharon Camara, « Le marché mondial de l'habillement de seconde main devrait atteindre 350 milliards de dollars d'ici 2028 », *Fashion United*, 19 avril 2024.

88 ThredUp, « Resale Report 2023 », Données de *GlobalData, Market Sizing and Growth Estimates*, p. 7. [En ligne].

89 Jeffrey Ballinger, « The new free-trade heel; Nike's profits jump on the backs of Asian workers », *Harper's Magazine*, 1er août 1992.

90 Le Figaro et l'AFP, « "Greenwashing" : Zero Waste France porte plainte contre Adidas et New Balance », *Le Figaro*, 22 juin 2022.

91 Jenna Benchetrit, « Competiton Bureau investigating Lululemon over greenwashing allegations », *CBC News*, 6 mai 2024.

92 AFP, « Armani et Dior visés par une enquête sur les conditions de travail des sous-traitants », *La Presse*, 17 juillet 2024.

93 Colleen Barry, « Armani éclaboussée par une affaire de travail illégal », *La Presse*, 5 avril 2024.

94 Ellie Violet Bramley, « Intensive : Pharell Williams $1 M Louis Vuitton handbag attracts criticism », *The Guardian*, 9 novembre 2023.

95 Moira Colley, « LVMH, Gucci Exposed : Snakes Beaten With Hammers, Live Lizards Beheaded for Skins », *PETA*, 20 décembre 2021.

96 Sarah Kent, « Are Those Feathers Faux? », *The Business of Fashion*, 26 octobre 2023.

97 Maud Darbois, « Nouvelle énergie. La Suède brûle les vêtements H&M pour chauffer des maisons », *Les Inrockuptibles*, 27 novembre 2017.

98 Tom Chavez, « Sephora's $1,2 Million Fine Proves Customer Privacy Is An Innovation Imperative », *Forbes*, 27 octobre 2022.

99 Ruth Michaelson, « Luxury cars and high-end labels : shocked Syrians roam Assad family residences », *The Guardian*, 9 décembre 2024.

100 Frédéric Legault, Arnaud Theurillat-Cloutier et Alain Savard, *Pour une écologie du 99 %*, Écosociété, 2021.

101 Nic Stacey, « Buy Now! The Shopping Conspiracy », *Netflix*, 1 h 24 min, 2024.

102 Marlène Hutchinson, *Objectif zéro déchet. Un projet collectif*, Montréal, Éditions Multimondes, 2017.

103 Voir le court métrage français *Logorama* (2009), disponible sur YouTube.

104 Oxfam France, « Loi Fast Fashion : Le décryptage d'Oxfam ! », *Oxfam*, 28 mars 2024

105 Félicia Latour, « L'Union européenne interdira la destruction des vêtements », *MAJ SRC*, 10 janvier 2024.

106 Nathaëlle Morissette, « Shein et Temu, c'est déloyal », *La Presse*, 10 décembre 2024.

107 Iqbal Masih, Fondation pour la mémoire de l'Esclavage.

108 Anne-Marie Shapiro, « Fashion : Two New Stores That Cruise Fashion's Fast Lane », *New York Times*, 31 décembre 1989.

Pour découvrir des profils d'entreprises en matière de droits de la personne et de droits des travailleur·euses, consulter le site knowthechain.org

Pour mieux connaître le profil éthique de chacune des entreprises de mode sur le marché, consulter le site goodonyou.eco

REMERCIEMENTS

Merci à Lyne Bussières de m'avoir mis sur le chemin de la collection Radar. Merci à mon éditrice Pauline Gagnon pour son dévouement, son humour et son sixième sens à savoir saisir ce dont les jeunes ont besoin. Merci à toute l'équipe d'Écosociété, je suis fier de faire partie de cette maison d'édition visionnaire et engagée. Merci à Sandrine et à Roxanne de promouvoir avec une passion sans cesse renouvelée chacun des essais Radar. Merci à Véronique pour sa rigueur. Merci à Karine pour son souci du détail. Merci à Max et son œil de lynx.

Merci à mes élèves et collègues de Mont-Saint-Hilaire et de Chambly pour les encouragements. Merci aux collègues de CCQ qui ont adopté la collection Radar dans leurs cours. Merci à celles et ceux qui ont pris le temps de répondre à mes questions.

Merci à Andrée, ma mère, pour ses talents à rapiécer mes vêtements, à traquer les coquilles et avoir introduit les livres dans ma vie. Merci à Michel, mon père, de m'avoir offert un chandail « Fuck la mode » en 1989 et pour mes gènes politisés. Merci à Louise, mon élégante amoureuse, ex-preppie, pour son intuition et nos précieux moments loin de la mode jetable.

Merci à Thomas et à Viviane de la Génération Z, à Leonie de la Génération Alpha et à Patrice de la Génération X pour les conseils et mises à jour sur la « mode ». Merci à ma tante Lise pour les recherches dans les archives familiales.

Merci Arnaud de ta patience, ta grand-maman sera maintenant un peu plus disponible.

Pensées pour Mahsa Amini et celles et ceux qui veulent choisir.